옆집 천사님 때문에 어느샌가 인간적으로 타락한 사연

5

©Hanekoto

©Hanekoto

목차

후지미야 아마네

진학하고 자취를 시작한 고등학생.
집안일을 못해서 엉망으로 생활했다.
자신을 비하하는 경향이 있지만
근본은 착하고 상냥하다.

시이나 마히루

아마네의 옆집에 사는 소녀.
학교 제일의 미소녀, 천사님으로 불린다.
아마네의 생활을 보다 못해
식사를 챙겨 주고 있다.

일러스트
하네코토

제1화 고백한 다음 날의 일

마히루와 사귀기로 했다.

문장으로 표현하면 이토록 짧게 정리되는데, 아마네의 마음은 감정이 흘러넘쳐서 잘 정리되지 않았다.

고백한 날, 잘 시간이 되어서 마히루가 자기 집으로 돌아간 다음에도 왠지 정신이 몽롱하고 차분하지 못했다.

인생 최초의 사랑이, 그것도 진심으로 반한 상대와 맺어지는 형태로 결실을 본 것이다. 마음이 들썩이는 게 당연하겠지.

만나고 반년 조금. 굳이 말하자면 별로 오래된 느낌도 아니지만, 거리가 가까운 짝사랑이었던 만큼 사랑에 빠진 시간이 매우 길게 느껴진다.

명확하게 좋아한다고 느끼게 된 것은 새해에 들어서 얼마 지나지 않은 때니까, 기간으로 치면 4개월이 될까 말까.

고작 4개월이라고 볼지, 4개월씩이나 된다고 볼지. 그건 사람마다 다를 테지만. 아마네에게는 몹시 길었다. 첫사랑은 이루어지지 않는다고 하는데, 그건 아마네와 마히루에게는 적용되지 않나 보다.

맺어진 것은 기쁘지만, 앞으로 어쩌면 좋을지 구체적인 경험이 전혀 없는 아마네는 알 수 없다. 내일부터 마히루를 어떻게 대하면 좋을지, 잘 모른다.

기쁜 나머지 생각할 것이 많아서 푹 잠들지 못했던 아마네는 고백한 다음 날, 조금 수면 부족 상태로 마히루를 맞이하게 되었다.

"저기…… 조, 좋은 아침이네요."

아침 인사를 하는 것치고는 대낮에 가까운 시간대에 찾아온 마히루는, 아마네와 비슷하게 어색함을 감추지 못한 미소를 지었다.

체육대회 다음 날은 학교가 쉬는 날이므로 마히루가 찾아오는 것도 이상하지는 않다. 사귀기 전부터 아마네의 집에 빈번하게 방문했으니 딱히 달라질 것도 없다. 당연한 광경이다.

달라진 것은 관계성이 바뀌면서 생긴 서로의 거리감이겠지.

오히려 사귀기 전보다 거리가 벌어진 것은 의식한 탓임이 분명하다.

평소에는 익숙해서 그런지 스스럼없이 집에 들어와 자기 집처럼…… 물론 본인의 성격상 다소곳하게 편히 지내지만, 오늘만큼은 긴장하는 기색이 있다.

하지만 긴장은 아마네가 더 심하다. 이전처럼 편하게 인사하지 못하고, 이상하게 시선을 돌리면서 "좋은 아침이네……." 하고 작은 목소리로 대꾸하는 것이 고작이었다.

거리감이 애매한 가운데 거실 소파에 둘이 앉았지만, 그 간격은 평소보다 멀다.

© Hanekoto

"저기…… 아, 아마네 군, 조금 졸려 보이네요."

"그게, 좀…… 뭐라고 할까, 기뻐서 잠을 못 이뤘다고 할까."

우물쭈물 중얼거린 아마네를 보고 이해한 듯, 마히루는 아까보다도 얼굴이 더 발개졌다.

"기, 기쁘고 행복해서 푹 잠든 저는 너무 태평한 걸까요……."

"아, 아니야! 좋은 일이야! 그냥 내가, 그 뭐냐, 여러모로 생각하고 들뜬 바람에, 소풍 전날의 아이처럼 된 거니까!"

"아마네 군도, 기뻐요?"

"그야 뭐…… 당연하지. 좋아하는 마음이 같다는 걸 알았으니까…… 기쁘고, 의식할 수밖에 없다고 할까."

지금껏 이런 일과 인연이 없어서, 좋아하는 사람과 한마음이 되어 환희에 몸이 떨릴 지경이었다. 그만큼 어떻게 대해야 좋을지 몰라서 난처한 거지만.

부모님의 사례는 별로 참고할 수 없다.

두 사람은 아들인 아마네가 봐도 사이가 좋은 편이다. 아니, 과하다 싶을 지경이다. 집에서만 그런다고 해도 태연하게 키스할 정도니까, 그걸 기준으로 두면 서로 부끄러워 죽을 수 있다.

연인을 어떻게 대하면 좋을지. 그 문제를 속에 끌어안고 대꾸하는 아마네에게, 마히루가 긴장이 풀린 듯 배시시 웃고 그대로 몸을 붙이려고 하는 바람에—— 무심코 어깨를 붙잡고 제지하고 말았다.

확 딱딱해지는 마히루의 표정을 보고 실수했음을 깨달은 아마네는 허겁지겁 손을 떼고 흔들었다.

"아, 아니야. 싫은 게 아니라……. 이렇게 몸을 맞대는 게 새삼 낯간지럽다고 할까요. 갑자기 그러면 왠지 부끄러워서 말이죠."

말소리가 점점 작아지고 존댓말로 바뀌는 것은 낯부끄럽기 때문이다.

지금껏 손이 닿을 정도로 가까웠고, 그것이 당연하게 자리를 잡았는데. 이렇게 관계가 바뀐 다음에 같은 거리에 있으면 수치심이 끓어오른다.

전에도 느낀 적이 없었던 것은 아니지만, 인식이 바뀌고 난 뒤부터는 더욱 의식하고 만다.

"연인이라고 생각하니까, 긴장돼. 여자와 사귀는 것도 처음이고……."

"저기, 저도 차분한 건 아니지만요……. 그보다 아마네 군 곁에 있고 싶은 마음이 더 강하다고 할까요. 모, 모처럼 교제를 시작한 거니까…… 감정에 솔직해지는 게, 더 좋을 것 같아서요."

조금 수줍게 목소리를 떨고 아마네를 조심조심 쳐다보며 중얼거린 마히루. 너무나도 귀여운 그 모습에 아마네는 신음이 나오려는 것을 꾹 참았다.

"저기, 조금만 더, 가까이 가도, 될까?"

"얼마든지 오세요……."

사실은 인형처럼 꼭 끌어안고 귀여워하고 싶은 마음이 불끈불끈 샘솟지만, 그랬다간 아마네의 수치심과 이성이 폭발할 것 같아서 거리를 좁히는 것만으로 참았다.

그래도 마히루는 기쁜 듯, 행복한 듯 순수한 미소를 짓고 아마네의 팔에 조금 기댔다.

사실 사귀기 전에도, 요즘에는 마히루가 아마네에게 몸을 기대는 일이 자주 있었다. 그런데도 사귀기 전보다 긴장하는 것은 아마네에게 배짱과 경험이 없기 때문이리라.

(이제 어쩌면 좋을까?)

몸을 기대는 것만으로 괜찮을지 고민이 든다.

아마네는 연애 경험이 없고, 마히루가 첫 연인이다.

그건 마히루도 마찬가지일 테지만, 역시 경험이 같아도 남자가 주도하고 싶은 것은 당연하리라.

하지만 주도하려고 해도 지식이 하나도 없었다.

옛날 일도 있어서 타인에게 그다지 관심을 보이지 않았고, 남자치고는 비교적 욕구가 희박해서 남녀 교제를 꿈꾼 적도 없었다. 서글프게도 아마네의 의욕은 학업과 취미 분야에 쏠려서, 정작 중요한 연애 지식이 부족했다.

아마네의 빈약한 지식은, 사귀는 남녀는 손을 잡거나 데이트를 하거나 키스를 하거나, 관계가 더 발전하면 육체관계를 가지거나 한다는 정도가 전부다.

손을 잡는 것과 데이트는 그렇다 쳐도, 갑자기 키스하거나 육체적인 관계로 넘어가는 것은 있을 수 없다. 그렇다면 데이트를 하면 되지 않을까 싶지만, 그것만으로는 사귄다고 하기 어렵겠지.

마히루를 기쁘게, 행복하게 해 주고 싶은 아마네는 치명적일

만큼 지식을 습득하지 않았다는 사실에 살짝 절망을 느끼고 있었다.

"어디 불편하세요……? 역시 몸을 맞대는 게 싫은 건……."

"어? 아니야. 불안하게 해서 미안해."

말없이 심각한 표정으로 고민하는 것을 불쾌해하는 것으로 오해한 듯해서, 아마네는 자신을 한심하게 느꼈다.

"생각을 좀 했다고 할까…… 그 뭐냐, 역시 당사자인 마히루한테도 물어봐도 될까?"

"네, 네."

마히루도 아마네와의 교제가 처음이므로 물어보는 것이 미안하지만, 처음 경험하는 사람끼리 상의해 보는 것도 좋을지 모른다. 혼자서 끙끙 앓는 것보다는 둘이서 같이 이야기해 보는 것이 더 낫겠지.

"있잖아, 우리는, 그게…… 사귀기 시작한 셈인데."

"네."

"사귀면…… 구체적으로 뭘 하면 될까?"

"네?"

어떤 질문이 날아들지 긴장하던 마히루는 어안이 벙벙한 표정을 지었다. 아마네 자신도 참 멍청한 질문임을 잘 알지만, 본인은 진지하다.

"아니, 그게 말이지. 사귀는 건 처음이니까…… 구체적으로 뭘 하는지 모르겠어."

"그, 그러고 보니 그러네요."

마히루도 남자와 인연이 없었다. 정확히 말하자면 남자에게 관심을 주지 않는 나날을 보낸 듯하지만. 마히루는 아마네의 고민에 다소 난처한 표정을 지었다.

　"뭔가 짐작이 가는 게 있어?"

　"손을 잡거나요……?"

　"평소에도 하잖아."

　"휴일을 같이 보낸다거나."

　"일상이군."

　"같이 외출한다거나."

　"그것도 하는데."

　"꼭 끌어안거나."

　"하는데."

　안타깝게도 마히루 역시 비슷한 지식밖에 없는 듯, 열거한 내용은 진즉에 경험을 마친 것이었다.

　연인다운 것이 뭔지를 물어봐도 바로 떠오르지는 않을 테니까, 어쩔 수 없겠지.

　연인과는 구체적으로 뭘 해야 좋을지…… 그렇게 한숨을 쉬는 아마네의 옷자락을 마히루가 조심조심 잡아당긴다.

　왜 그러나 싶어서 마히루를 다시 보니, 어째서인지 얼굴을 살짝 붉히고 있었다.

　"저기, 이건 차마 말하기 어렵다고 할까요…… 말하자면 부끄러운데요…… 사, 사귀지만 않았을 뿐이지 평소 연인처럼 지낸 게 아닐까요……?"

마히루의 말에 침묵이 깔린다.

(듣고 보니, 아니 정말 그랬지……?!)

자연스럽게 같은 공간에서 지내고, 손을 잡거나 외출하거나 했는데, 그러한 것은 보통 친밀한 남녀가 하는 일이다.

물론 처음에는 알았겠지만, 너무 일상이 되면서 의식하지 않았던 것이리라.

"저, 저도, 아마네 군의 눈길을 끌려고 애쓴 건데…… 자, 잘 생각해 보면, 연인끼리 하는 일, 이네요."

"드, 듣고 보니……."

"그러니까 괜히 의식하지 말고, 평소처럼…… 저기, 몸을 맞 대거나, 같이 지내기만 해도, 괜찮을 것 같아요. 게다가 억지로 틀에 맞추지 않아도, 우리는 우리 방식대로…… 저기, 잘 사귀 면 되지 않을까요……?"

우리 방식대로 잘 사귀자. 그 말이 가슴에 확 와닿았다.

(굳이 형식에 연연할 필요도 없나.)

연인다운 것이 뭔지 몰라 조바심이 났지만, 굳이 서두를 필요 는 없다. 마히루는 아마네를 좋아하고, 아마네는 마히루를 좋 아하니까, 사귄다. 그 사실만 있으면 족하다.

무리해서 서두르지 말고, 둘이서 천천히 서로를 깊이 이해해 나가면 된다. 그게 전부다.

"그래. 미안해. 왠지…… 여유가 전혀 없어서. 처음이라서, 뭘 어쩌면 좋을지 몰랐어."

"네……."

"저기, 그 뭐냐. 평소와 똑같아도…… 앞으로는, 좋아하는 마음도 담을게."

결의를 담아 마히루의 손을 감싸듯 잡자 원래부터 빨갛던 마히루의 볼이 더 빨개졌다. 수줍어하듯 시선을 내리면서도, 손을 덩달아 쥐어서 아마네의 팔에 기댄다.

"아마네 군."

"응."

"이러고 있기만 해도, 행복해요……."

"그래."

아마네는 희미하게 속삭이는 목소리에 동의하고, 곁에 있는 온기를 조용히 곱씹었다.

"아마네 군, 일어나 주세요."

자신을 부르는 자상한 목소리가 들린다.

편안한 잠기운 속에서, 속삭이듯 부드러운 목소리에 "응." 하고 작게 대꾸하고, 무거운 눈꺼풀을 올려서 천천히 눈을 뜬다.

졸려서 흐릿한 시야에 창문으로 들어오는 햇빛을 희미하게 반사하는 사랑스러운 소녀가 들어왔다.

침대에 한쪽 무릎을 대고 아마네를 흔들고 있는데, 몸을 숙이는 자세라서 등나무 가지처럼 흘러내린 황갈색 머리카락이 흔들리고 있다.

"마히루……?"

"네. 좋은 아침이에요."

확인차 이름을 불러 보니, 귀에 익숙한 목소리가 긍정했다.

아무래도 아마네가 잠이 덜 깬 것이 아니라, 현실에 마히루가 있다는 사실에 머릿속이 조금 혼란에 빠졌던 듯하다. 마히루가 너무나도 당연하게 아마네의 방에 있어서, 서서히 혼란이 가시기 시작한다.

"좋은 아침이야……. 그런데 왜 마히루가 있어?"

"어제 한 이야기를 잊었나요?"

아마네는 살짝 미간을 오므리고 뾰로통한 표정을 짓는 마히루에게 "어제?"라고 대꾸하고, 뒤이어 어제 주고받은 대화를 떠올렸다.

"월요일부터 같이 등교해도 될까요?"

일요일, 헤어질 때 마히루가 그런 말을 꺼냈다.

왠지 우물쭈물하면서 차분하지 못한 태도로 불안하게 쳐다보는 바람에 아마네도 조금 마음이 차분하지 못했다.

마히루가 조심조심 말한 것은 아마네가 교제 관계를 숨길지 말지를 확인하기 위함이리라. 일단 상의를 마치고 공개하는 것으로 결정했지만, 그래도 불안해진 듯하다.

아마네로선 그런 공개 고백 같은 일이 있었으니까 감출 수 없다고 보고, 그렇다면 차라리 솔직하게 사귀게 되었다고 말할 작정이었다.

"그래, 좋아."

"저, 정말요?"

"거짓말한다고 무슨 득이 있겠어."

아마네가 승낙하자 마히루의 눈빛에 섞여 있던 불안한 기색이 싹 사라지고 기쁨이 깃든다.

살포시 해맑게 웃으면서 "지금껏 같이 등교하고 싶었어요."라고 속삭이는 바람에 아마네의 심장이 벌떡 뛰었지만, 마히루는 눈치챈 기색이 없이 밝은 표정을 지었다.

"그러면 아침에 아마네 군 집에 갈게요. 그때 같이 아침을 먹으면 되니까요."

"아, 아침부터 갓 차린 마히루의 밥을 먹을 수 있는 건 진짜 행운인걸."

"도시락을 싸고 남은 걸로 차리는 거지만요. 아마네 군의 도시락도 같이 싸도 될까요?"

"그러면 감지덕지하지."

아침을 차려 주기만 해도 행복한데 점심에도 마히루의 요리를 먹을 수 있는 거니까, 기쁘지 않을 리가 없다.

마히루도 이제는 남들 눈을 신경 쓸 필요가 없어서 좋다며 표정이 환하니까 보기만 해도 기쁘다. 그리고 동시에 아마네는 멋쩍은 느낌이 들었다.

(내일부터는, 같이 등교하는 거구나.)

지금까지는 마히루와의 관계가 드러나지 않게 다른 시간대에 등교했었다.

앞으로는 그럴 필요가 없어지는 것이다.

물론 학교에서 교제 사실을 공개하면 눈총도 살 테니 불안하지만, 무엇보다도 마히루가 기뻐해 주고, 그 곁에 있을 수 있다는 사실이 기뻤다.

기쁜 듯 웃는 마히루를 가만히 보면서, 아마네는 "나도 내일부터 힘내야지."라고 나지막이 중얼거렸다.

"아……."

잠이 깬 머리가 그제야 돌아가기 시작했는지, 아마네는 어제 일을 떠올리고 작게 신음했다.

싫어서 그런 게 아니다. 단순히 잠에서 깨고 보는 마히루의 얼굴이 다소 심장에 나빠서, 깨우러 와 주는 것도 반갑지만은 않다는 이유다.

마히루는 아마네의 태도에 황당하다는 반응을 보였다.

물론 진심으로 그렇다는 것이 아니라 못 말리겠다는 듯 따스하게 보는 것이라서, 아마네는 미안함과 부끄러움 탓에 입술에 조금 힘이 들어가고 만다.

"건망증이 참 심하네요. 자, 옷 갈아입고 세수해 주세요."

"알았어."

마히루는 그동안 식사 준비를 하려는 거겠지.

하품을 참고 침대에서 몸을 일으켜 셔츠를 벗자 "햐읙?!" 하고 비명을 지르는 소리가 바로 옆에서 들렸다.

벗은 셔츠를 침대에 두고 돌아보자 마히루가 눈을 꼭 감고 바들바들 떨고 있다. 뺨은 순식간에 붉게 물들었다.

"그, 그러니까요. 예전에도 말했지만, 제가 있는 곳에서 옷을 벗지 마세요!"

눈앞에서 벗어서 그런지 동요하는 모습을 드러낸 마히루에게, 아마네는 쓴웃음을 지을 수밖에 없었다.

"남자니까 보여도 곤란할 일은 없어."

"제가 곤란해요……."

"보이고 싶은 것도 아니고 익숙해지라고 말할 생각도 없지만,

그러면 여름철에 풀장에도 못 갈걸?"

남자 몸에 면역이 별로 없는 듯한 마히루를 보고 지금껏 어떻게 살았을지 생각했지만…… 애초에 헤엄칠 줄 모른다고 하니까, 뭔가 이유를 대서 수영 시간에 쉬었을지도 모른다.

성실한 성격인 마히루가 수업을 보이콧하는 것은 상상하기 어렵지만, 전혀 헤엄치지 못한다는 이유로 수영이 필수 과목이 아닌 고등학교에 진학했을 정도라니까 어쩌면 그럴 가능성도 있다.

여름에 풀장에 가니 마니 하는 애매한 약속을 했으니까 너무 의식해도 곤란하고, 애초에 풀장에는 상반신 누드인 남자가 주변에 널렸으니까 마히루가 버틸 수 있을지 불안해졌다.

"으. 노, 노력해 볼게요……."

마히루 본인도 그것을 잘 아는지 기어드는 목소리로 신음하듯 대답한 뒤, 조심조심 눈을 떠서 아마네의 몸을 시야에 들이고 있다.

살짝 울상을 짓고 새빨개진 얼굴로 떨면서 아마네의 상반신을 본 마히루가 "으으." 하고 또다시 신음했다.

솔직히 말해서, 아마네의 몸은 아직 남성미가 드러날 정도로 단련하지 않았다.

마히루와 어울리는 남자가 되고자 꾸준히 단련하고 있지만, 금방 눈에 띄는 결과로 나타나는 것은 아니다.

물론 마히루와 처음 만났을 무렵과 비교하면 다부진 몸이 되었고, 근육의 윤곽도 살짝 알아볼 수 있게 되었다.

그러나 시선을 돌릴 정도는 아니겠지.

(이건…… 익숙해지지 않으면 여차할 때 곤란하겠는걸.)

마히루와 더 깊은 관계가 되려면 훨씬 더 시간이 필요하겠지만, 만약 그때까지 면역이 안 생기면 여러모로 정체될 것 같기도 하다.

하지만 아마네도 마히루의 몸을 보면 굳어 버릴 자신이 있으므로, 그 점에선 피장파장일지도 모른다.

"아…… 저기, 그 뭐냐. 먼저 밥이나 차려 줘……."

터무니없는 것을 상상하는 바람에 아마네도 얼굴이 빨개져서 마찬가지로 얼굴이 빨개진 마히루에게 그렇게 말했더니 "그럴게요."라며 후다닥 도망쳤다.

그 뒷모습이 문 너머로 사라지고 나서, 아마네는 근처 벽에 머리를 한 번 박은 뒤 "아침 댓바람부터 뭘 생각한 거야."라고 작게 신음했다.

세면대 거울에는 아직 익숙하지 않은 자신이 있다.

교복 차림은 평소와 똑같지만, 목부터 위가 자신이 아니다. 그렇다고 해서 전혀 모르는 얼굴인가 하면 꼭 그렇지도 않다. 마히루에게 가끔 보이는 모습이니까, 사복이 아니라는 점이 어색하다는 것이다.

눈에 전혀 닿지 않게 된 검정 커튼을 손끝으로 슬쩍슬쩍 만져서 조정한다.

여자와 다르게 화장할 필요가 없는 만큼 편하기는 하지만, 그래도 이렇게 꼼꼼하게 다듬는 것은 별로 익숙하지 않았다.

"아마네 군."

뒤에서 목소리가 들렸다.

거울에 등교 준비를 마친 마히루가 세면대 앞에 있는 아마네를 부르는 것이 보였다.

뒤돌아서 마히루의 얼굴을 보니 표정이 조금 어두웠다.

"무슨 일 있어?"

"싫지 않나요……?"

"뭐가?"

"그 머리 모양이요…….'"

"아아, 이거 말이야?"

마히루가 다소 주저하면서 꺼낸 말은, 아마네를 걱정하는 것이었다.

마히루는 이 스타일로 등교하는 것을 거부하는 것만 봤으니까, 아마네가 소문이 난 '그 남자'와 직접 매칭되는 것이 불안했던 듯하다.

아마네로선 자신이 바란 일이고 해서 싫지는 않다. 망설임이 없다고 할 수는 없지만, 마히루의 옆에 당당하게 서자고 마음먹었으니까 마히루에게 부끄럽지 않은 모습이 훨씬 낫겠지.

엄청나게 미남은 아니지만, 이츠키와 유타에게는 보기 좋다는 언질을 받았다. 좌우지간 마히루가 남자 보는 눈이 없다거나, 취향이 이상하다는 소리는 안 들었으면 한다.

"딱히 싫지는 않아. 마히루는 싫어?"

"싫지 않지만…… 조금, 마음이 복잡해요."

"마음이 복잡해?"

"독점할 수 없어지는 것 같아서요……."

몸을 슬쩍 움츠리고 기특한 말을 중얼거린 마히루가 귀여워서 참을 수 없어진 나머지, 아마네는 슬쩍 웃은 뒤 흐트러뜨리지 않게 조심하면서 마히루의 머리를 가볍게 쓰다듬었다.

"그러면 지금 독점해 볼래?"

"그럴게요……."

솔직히 말해서 농담한 건데, 마히루가 순순히 고개를 끄덕이고 아마네의 가슴에 이마를 댄다.

아마네로선 설마 정말로 받아들일 줄 몰라서 먼저 말을 꺼내 놓고도 조금 허둥대고 말았지만, 가슴에 이마를 대고 문대는 마히루를 보고 저절로 입가에 미소가 번졌다.

너무 귀여워서 손이 멋대로 머리를 쓰다듬은 것은 어쩔 수 없는 일이리라.

머리 하나만큼 키가 작아서 가슴팍에 얼굴을 파묻은 마히루는 아마네를 떼어놓지 않겠다는 듯 셔츠를 꼭 쥐고 있다.

아마네를 힐끗 쳐다보는 모습에서는 역시 불안한 기색이 느껴진다.

"아마네 군은 멋진 사람이니까, 다른 여자들이 자꾸 다가올 것 같아요. 정당한 평가는 기쁘지만요……."

"멋진지 아닌지는 둘째 치고, 내가 마히루 말고 다른 여자에게 관심을 줄 것 같아?"

"그건 아니에요. 하지만 마음의 문제예요."

"질투하는 거야?"

무심코 물어봤더니 마히루가 얼굴을 확 붉혔다. 그래도 순순히 "네."라고 긍정하고 가슴에 이마를 대고 꾹꾹 문지른다.

정말 부끄러운지, 황갈색 머리카락 틈새로 보이는 귀까지 빨갛게 물들었다.

"괜찮아. 설령 누가 유혹하더라도, 나는 마히루 말고는 안중에도 없으니까."

질투하지 않을 이유는 되지 못하겠지만, 아마네한테도 다른 여자는 연애 대상이 아니다. 이렇게 귀엽게 질투하는 최고의 연인이 있는데 한눈팔 리가 없다.

애초에 아마네는 아주 친한 사람 말고는 아무래도 좋다고 생각할 만큼 극단적으로 관심이 없으므로, 거들떠보지도 않을 자신이 있다. 외모가 좀 좋아졌다고 갑자기 다가오는 여자는 아마네의 친한 사람 카테고리에 들어갈 리가 없다.

"그건 알아요. 그래서 끼어들 여지가 없을 만큼 제가 아마네 군을 정말 좋아한다고 어필할 거예요."

"적당히 해 줘. 남들한테는 마히루의 귀여운 얼굴을 너무 보여주고 싶지 않아."

"아마네 군은 자꾸 그런 소리를 해요!"

아마네는 어째서인지 툴툴거리며 화내는 마히루의 머리를 황급히 쓰다듬어 달래 보았다. 하지만 마히루는 아마네의 가슴팍을 툭탁툭탁 때렸다.

"아마네 군은 자연스럽게 그런 소리를 하니까 나쁜 거예요."

"뭐가 나쁜데?"

"심장에 나빠요."

"그건 내가 할 말인데……. 마히루도 종종 자연스럽게 귀엽게 구니까 내가 못 살겠어."

오히려 마히루가 스킨십과 맞물려 파괴력이 더 강하다.

부드러운 몸을 막무가내로 느끼게 하거나, 달콤한 향기를 풍기거나, 확 풀어진 웃음을 아낌없이 보여주거나. 언제나 아마네의 심장을 달음질하듯 빨리 뛰게 한다.

지금도 마히루의 귀여움 때문에 심장이 쿵쿵 소리를 내고 있다. 가슴에 얼굴을 파묻은 마히루도 느낄 것이다.

"기습의 파괴력이 훨씬 강한걸요……."

작게 중얼거린 마히루가 뺨을 아마네의 가슴팍에 바짝 댄다.

"하지만 아마네 군이 무척 두근거렸으니까 오늘은 그렇게 알고 넘어갈게요."

보아하니 아마네의 심장이 쿵쿵 뛰었다는 사실에 만족한 듯한 마히루가, 그렇게 속삭이고 가슴에 뺨을 문질렀다.

아마네는 그 동작이 또 귀여워서 신음이 나올 것 같으면서도 '마음아, 차분해져라.' 주문을 외워 가라앉히고, 속에서 나오려는 충동을 얼버무리듯이 마히루의 머리를 쓰다듬었다.

마히루는 5분이 지나고 나서야 충전을 마쳤다.

뺨이 살짝 발그레하고 눈이 조금 촉촉해진 마히루를 똑바로 보는 것은 심장에 매우 나쁘지만, 본인도 만족한 듯하므로 아마네가 느끼는 답답함은 가슴속에 담아 둔다.

"그러면 출발해 볼까."

시간을 여유롭게 잡아서 아침에 다소 스킨십이 있어도 지각할 일은 없다. 그래도 슬슬 집을 나서야 하겠다고 말을 걸자 왠지 모르게 피부에서 생기가 넘치는 마히루가 "네." 하고 미소를 지었다.

(나는 아침부터 피곤한데 말이지.)

싫어서 그런 게 아니다. 오히려 기쁘기에 인내하다가 지쳤다. 휴일이라면 이대로 마히루에게 앙갚음하듯 어리광을 받아줬을지도 모르지만, 등교하는 날이니 그럴 수도 없다.

마히루는 아마네의 피로도 모르고 기력이 넘쳤다.

아침부터 여러모로 끓어올라서 이상하게 지쳤지만, 싫은 피로는 아니어서 쓴웃음을 짓고 마히루와 함께 짐을 챙겨서 현관문을 나섰다.

처음으로 여자친구와 함께 교복 차림으로 현관문을 나선 사실에 기묘한 감회를 느끼면서 문을 잠그고 마히루를 쳐다보니, 조금 안절부절못하는 기색이 보였다.

손이, 조심스럽게 아마네의 셔츠 자락을 붙잡고 있었다.

"손, 잡고 갈까……?"

"네!"

보아하니 정답인 듯 활짝 웃는 마히루에게 "귀엽잖아, 제길." 하고 조용히 투덜거린 뒤, 아마네는 마히루의 가방을 슬쩍 챙겨서 어깨에 걸치고, 다른 손으로 마히루의 가녀린 손에 자신의 손을 포갰다.

곧바로 마히루가 '아마네 군이 들게 할 마음은 없었는데요.'라는 듯한 눈빛으로 쳐다보는데, "남친이니까 이 정도는 그냥 들게 해 줘."라고 속삭이자 입술을 꼭 다물고 얌전해지니까, 그 모습이 또 귀여웠다.

"막상 이렇게 손을 잡고 보니 쑥스러운걸."

맨션을 나와서 통학로를 걷는데, 밖에서 이렇게 손을 잡는 것은 연휴 이후로 처음인지라 낯간지럽다.

이번에는 에스코트가 아니라 깍지를 낀, 이른바 연인끼리 하는 방식으로 손을 잡아서 친밀감이 더욱 진하게 드러나는 것이다.

마히루와는 종종 손을 잡은 적이 있었지만, 이렇게 깍지를 끼는 것은 좀처럼 없는 일이라서 아마네 역시 긴장하고 만다.

너무 세게 잡지는 않았을까? 손에서 땀이 나서 싫진 않을까? 그런 식으로 걱정이 들지만, 마히루를 보니 즐거운 듯 표정이 풀어져 있었다.

"조금 쑥스럽지만, 기뻐요."

"응……."

"쭉 이렇게 학교에 가고 싶었어요. 간신히 실현해서 감동했다고 할까요……. 무척, 행복해요."

둘이서 나란히 학교에 간다. 사소한 일이면서도 마히루에게는 고대하던 일이었던 듯, 평소보다 표정에서 활기가 넘쳤다.

"마히루의 행복 말인데, 내 요소가 너무 많지 않아?"

"그, 그건…… 아마네 군의 곁에 있는 게, 제 행복인데요."

"그렇구나."

쑥스러운 듯 입을 오물거리면서도 긴장이 풀린 웃음을 띠는 마히루를 보고, 그토록 자신을 좋아해 준다는 것을 절실히 느낀 아마네도 가슴이 점점 뜨거워진다.

되도록 얼굴에 드러내지 않게는 하지만, 아마네도 수줍어하는 것을 느낀 듯한 마히루가 기쁜 눈치로 더욱 환하게 웃었다.

"그러니까 저는 앞으로도 매일 행복해요. 저는 참 행복한 사람이네요."

"그건 내가 할 소리인 것 같은데 말이야."

"그러면 우리 모두 행복해서 만만세인 셈이네요."

마히루는 "평화로워서 참 좋네요."라며 즐겁게 미소를 짓고 거리를 좁혔다. 그래서 아마네는 이번에야말로 마히루에게 상처를 주지 않게 조심하면서 팔이 몸에 밀착하지 않게끔 슬쩍 몸을 틀고, 다른 손으로 머리를 쓰다듬었다.

손을 잡고 걷는 자체는 익숙하지만, 너무 밀착하는 것은 좋지 않겠지. 물론 연인이 밀착하는 것은 기쁘다. 하지만 남이 보면 고충일지도 모르는 데다가, 아마네도 아침부터 기운이 넘치는 모습을 남에게 목격당하고 싶지 않았다.

마음속 작은 갈등을 겉으로 드러내지 않게 하면서, 가녀린 손을 단단히 잡고 팔만 붙여서 통학로를 걷는다.

당연히 지금은 통학, 통근 시간대이므로 학생이나 정장 차림의 사람도 많은데, 왠지 모르게 시선이 신경 쓰인다.

"시선이 느껴져."

학교에 가까워질수록 점점 많아지는 시선에, 아마네는 무심코 지친 듯 불쑥 중얼거렸다.

시선의 느낌은 제각각 달라서, 마히루와 손잡고 걷는 남자가 누군지 하는 질투가 섞인 시선도 있고, 부러워하는 눈빛도 있다.

당연히 예상은 했지만, 실제로 맛보니 상상했던 것보다 속이 거북했다.

부정적인 감정이 담긴 시선만이 아닌 것이 천만다행이지만, 수수하고 눈에 띄지 않는 생활을 추구했던 아마네로선 역시 마음이 편하지 않았다.

"어쩔 수 없어요. 딱 봐도 확 변했으니까요."

대놓고 연인이라는 어필도 겸해서 손을 잡고 몸을 붙여서 걷고 있으니까, 당연히 같은 통학로에서 등교 중인 학생들의 시선이 날아든다.

다만 체육대회 때 모습을 보인 아마네와 지금 마히루의 옆에서 걷는 아마네는 많이 다른 듯, 입으로는 대체 누구냐고 추궁하지 않으면서도 시선으로 물어보고 있었다.

"그렇게 달라?"

"그럼요. 뭐라고 할까요. 물론 머리 모양이 바뀐 것도 있지만, 몸을 딱 펴고 자신감 있는 표정을 지으니까요. 인상이 많이 달라요."

"평소에 패기가 없어서 미안해."

"자학하지 마세요. 애초에 아마네 군은 변했는걸요. 어떤 아마네 군도 좋아하지만, 자신을 비하하는 아마네 군은 싫어요."

"싫다는 말은 듣고 싶지 않으니까 조심할게."

"참 잘했어요."

아마네를 보고 만족스럽게 미소를 짓는 마히루에게 다시 시선이 날아든다.

이번에는 살기가 섞여서 표정이 조금 딱딱해질 뻔했지만, 마히루가 주위에 대고 최상급 천사의 미소를 싱긋 뿌리자 싹 사라졌다.

주위를 압도하는 천사님은 다른 의미로 최강이었다.

비교적 멀쩡해진 시선을 조금씩 느끼면서 마히루의 손을 다시 잡고 정면을 본다. 조금만 더 가면 학교에 도착하는데, 학교라면 더더욱 시선이 쏠릴 테니까 지금부터 속이 조금 시큰거렸다.

"여기서 이 정도 시선이면, 교실에 들어가기가 겁나는걸."

"포기해 주세요. 아니면…… 싫어요?"

"싫지는 않아. 변하자고 마음먹었으니까."

마히루에게 고백을 받은 시점에서 더는 이전의 자신으로 있을 수 없음을 이해했다.

그 곁에 있기 위해서라도, 부끄럽지 않은 사람이 되자고 마음먹었다. 아마네는 노력을 게을리하지 않을 것이며, 다소의 속 쓰림을 각오하고서 마히루에게 어울리는 사람이 될 작정이다.

마히루는 아마네의 말을 듣고 "그런가요……."라고 대답하고는 깍지를 낀 손가락에 힘을 준다.

"어라, 마히룽?"

아마네가 옆에 있는 마히루의 귀가 조금 빨개진 것을 알아채고 말을 걸려던 순간, 뒤에서 마히루의 이름을 부르는 목소리가 들렸다.

귀에 익숙한 목소리와 맥이 빠지는 별명을 듣고 뒤돌아보니 눈을 크게 껌뻑이는 치토세가 있었다.

눈이 휘둥그레졌다는 표현이 어울릴 법한 표정을 지은 치토세는 마히루를 보고, 이어서 시선을 옆에 있는 아마네에게 돌린다.

그리고 손을 잡은 것을 보고 "아하항." 하고 씩 웃은 치토세는 종종걸음으로 두 사람에게 다가와 아마네의 등을 힘껏 때렸다.

"안녕. 드디어 갈 데까지 갔나요, 오빠."

"시끄러워."

"마히룽도 안녕. 잘됐구나."

등짝을 조금 세게 찰싹찰싹 때리는 치토세는 기분이 좋은 듯 활짝 웃고 있다.

오늘은 호기심과 질투가 어린 시선만 받았으니까, 순수한 호의가 담긴 시선을 받아서 아마네는 조금 가슴이 뭉클해졌다.

"축하해, 마히룽. 지켜본 보람이 있었어."

"여러모로 상담을 받아주셨으니까요."

"응응. 아마네가 둔감해서 어쩔 줄 몰랐지."

"마히루……."

"그, 그야, 실제로 아마네 군은 둔감했는걸요."

© Hanekoto

그렇게 말하면 아마네도 심하게 반박할 수 없다.

쭉 호감을 보여줬는데도 제대로 받아주지 않은 아마네가 잘못한 거니까, 치토세에게 상담하는 것도 어쩔 수 없는 일이었겠지.

그 치토세가 "그 아마네가 말이지."라고 별로 달갑지 않은 평가를 말하고 다시 아마네를 쳐다본다. 관찰하는 듯한 시선은 아마도 다듬은 아마네의 모습을 처음 본 탓이리라.

"와, 그나저나 아마네의 그 남자 모드를 처음 봤어."

"무슨 표현이 그래."

"잇군이랑 유짱도 그렇게 말했지만 말이야. 흠흠. 잇군만큼은 아니어도 참한 남자가 됐네."

다시 웃으며 등을 찰싹찰싹 때리는 것은 치토세 나름대로 신경을 쓴 행동이겠지. 외모가 변해도 달라질 것은 없다고 격려하는 것처럼 들려서 조금 입가가 풀어졌다.

"너는 당연히 이츠키가 제일이겠지."

"그야 물론. 마히룽도 아마네가 제일이니까 불만은 없지?"

"그래. 마히루의 제일이면 돼."

치토세의 제일가는 사람이 되고 싶은 것도 아니고, 마히루가 제일로 생각해 준다면 그걸로 충분했다.

마히루를 힐끗 보니 손을 잡은 마히루가 팔뚝에 얼굴을 가까이 대고 나지막하게 "아마네 군이 제일이에요."라고 속삭였다. 치토세 앞에서 선언하는 것은 조금 부끄러운지 뺨이 희미하게 발그레했다.

"순수하구나. 마히룽 귀여워. 아마네만 없으면 끌어안고 귀여워했을 텐데."

"아, 그러셔. 통학로에서 할 짓은 아니니까 교실에 가서 마음껏 해."

"어? 야호. 남친 허가를 받았어, 마히룽. 나중에 꼭~ 할게!"

"네? 그, 그래요. 살살 해 주세요⋯⋯?"

어째서인지 끌어안기게 된 마히루가 곤혹스러운 눈치를 보이면서도 고개를 끄덕이고, 치토세가 활짝 웃으면서 마히루의 옆을 걷는다. 필시 치토세는 마히루를 축복해 주고 싶어서 몸이 근질근질한 거겠지.

두 사람의 사이좋은 모습을 확인하고서, 아마네는 마히루에게서 눈을 떼고 주변을 보았다.

시선이 더욱 늘어났다.

(교실에 가면 질문 공세를 당하겠는걸⋯⋯.)

대량의 시선을 받으면서 앞으로 몇 분 뒤에 있을 미래를 상상하고, 아마네는 두 사람에게 들키지 않게 슬쩍 쓴웃음을 지었다.

학교 건물에 도착했을 때는 시선이 더 늘어나서, 근처에 치토세가 있다고 해도 아마네와 마히루가 손을 잡고 걸으면 당연히 주목을 받는다.

치토세는 느긋하게 "휴~ 시선 강탈이네."라고 감상을 말했지만, 아마네는 역시 시선을 받는 것에 익숙하지 않았다.

마히루는 원래 시선을 받는 데 익숙해서 그런지 당당하게 걷고 있다. 아마네와 잡은 손을 대놓고 보여주듯이 걸으니까, 널리 알리는 의미를 겸하고 있는 것일지도 모른다.

복도를 지나다 보니 "천사님이 남자와……" "시이나 양이 평소와 달라……" "저런 녀석이 있었어?! 요전번 체육대회 때 본 남자랑 다른 거 같은데……" 같은 목소리가 들렸다. 안타깝지만 체육대회에서 마히루의 소중한 사람으로 공개를 당한 남자가 맞다.

그 목소리에 반응하지는 않았지만, 마히루는 부드러운 기색이 섞인 천사님의 미소를 주위에 뿌리고 있었다.

"아마네 군."

"응?"

"교실에 거의 다 왔는데, 괜찮아요?"

두 사람의 교실에 가까워졌을 차에 마히루가 물어봤다.

"대놓고 보여준 시점에서 이미 각오했으니까 괜찮아."

"그래요……."

"다들 놀랄 거야. 마히루의 그 발언이 있고 나서 휴일이 지나 아마네가 스타일을 싹 바꿨는걸."

시원한 웃음을 띠고 "나도 놀랐어."라고 말하는 치토세를 보고, 아마네는 치토세와 이츠키, 유타에게는 미리 연락하는 게 좋았을지도 모른다며 조금 후회했다.

사귀게 되었다고 보고하는 것이 부끄러워서 나중으로 미뤘는데, 지켜봐 준 친구들에게는 가장 먼저 보고해야 했으리라.

"치토세……."

"응?"

"미안해. 저기, 그, 보고하지 않아서."

"뭘. 체육대회가 끝나고 사귀기 시작한 거지? 아마도 둘이서 알콩달콩 지내느라 바빴을 테고, 아마네는 메시지 말고 직접 얼굴을 보고 말하고 싶은 타입일 테니까 신경 쓰지 않아."

알콩달콩 지내느라 바빴을 것이라는 인식에는 마음이 복잡하지만, 정말로 어제는 둘이서 딱 붙어서 지냈으니까 그것 말고 다른 일은 생각하지 않았다.

게다가 치토세의 말처럼, 여러모로 신세를 진 친구들에게는 직접 만나서 말하고 싶었다. 치토세는 미처 말하기도 전에 눈치채고 놀리고 들었으니까 보고가 아니라 사실 확인을 받은 형태지만.

"땡큐……."

"천만의 말씀. 후후. 두 사람을 짝지은 공로자라고 해도 과언이 없을 나를 더 숭배하여라."

"네입. 다음에 치토세 님께서 좋아하시는 역 앞 가게의 크레이프를 바치겠나이다."

"오냐. 수고가 많구나."

장난을 치는 치토세의 장단에 맞춰 말을 주고받으면서, 아마네는 마히루와 함께 자신들의 반 교실의 문턱을 지났다.

"아, 안녕 시이나 양…… 어?"

처음으로 알아챈 사람은 교실 입구 근처에 모여 있던 여자애들이다.

책상에 앉아 뭔가 신나게 떠드는 것 같은데, 마히루가 교실에 들어온 것을 눈치채고 시선을 들고…… 이어서 마히루가 손을 잡은 아마네의 존재를 알아챈 듯하다.

시선이 포개진 두 사람의 손에서 아마네의 얼굴로 올라간다.

그때 그 여학생의 표정에 드러난 것은 '이게 누구야?'였다.

그것도 당연하다. 아마네는 같은 반 아이들에게 자신의 이름으로 이 모습을 보여준 적이 없다.

가끔 목격한 사람이 있을지도 모르지만, 후지미야 아마네는 이 모습으로 학교에 온 적이 없으니까 이 여자애들 눈에도 모르는 사람으로 비쳤겠지.

하지만 지난주 체육대회에서 마히루가 아마네를 소중한 사람이라고 공언한 사실은 학생들 기억에 생생하다. 그리고 아마네는 연휴 때 목격된 그 남자가 자신임을 밝혔다.

조금 생각해 보면 지금 마히루와 손을 잡은 남자=아마네임을 알 것이다.

그 계산식의 해답이 나오기 전에, 아마네는 잠시 마히루의 손을 놓고 자기 자리에 짐을 두러 갔다.

알기 쉽게, 자신이 누구인지를 알리기 위해서.

어느새 교실은 평소보다 조용해졌다. 항상 수다를 떨던 반 아이들도 아마네에게 시선을 돌리고 있다.

"안녕, 후지미야."

왠지 모르게 거북함마저 느껴지는 정적 속에서, 평소처럼 웃는 얼굴로 유타와 이츠키가 아마네에게 다가왔다.

아마네임을 알면서도 평소처럼 대해 주는 두 친구가, 지금은 무척 반가웠다.

"다들 안녕."

"뭐야, 드디어 항복한 거야?"

"항복은 무슨. 뭐…… 붙잡힌 건 맞아."

두 사람과는 지겹게 상담도 했고, 이츠키만 해도 가장 먼저 마히루를 향한 아마네의 감정을 눈치챘으므로, 아마네가 두 사람이 말하는 그 남자 모드로 마히루와 손을 잡고 교실에 들어선 사실로 금방 교제를 시작했음을 알아챈 듯하다.

"축하해, 후지미야. 나는 후지미야와 친해지고 얼마 안 됐으니까 오래된 건 아니지만, 역시 답답한 구석이 있었으니까 이제야 후련해진 기분이야."

"유타는 한참 멀었거든? 나는 반년이나 지켜봤다고. 사람 속을 태우는 것도 정도가 있지. 이 겁쟁이 자식아."

"시끄러워. 미안하다고."

실제로 반년 정도 아마네와 마히루가 가까워지는 것을 지켜본 이츠키는 감회가 새로운지, 절절하게 고개를 끄덕이고 "참 길었지."라고 중얼거렸다.

이츠키는 좋든 나쁘든 도와주고, 아마네의 등을 밀어주었다. 아니, 등을 뻥 걷어차 준 거니까 감사하고 있다. 가끔 참견이 심할 때도 있지만, 그래도 제자리걸음 하는 아마네를 응원하고 밀어주었다. 분명 아는 사람 중에서도 이츠키가 가장 이 교제를 축복해 줄 것이다.

"그리고 각오했으니까 그 모습이다, 이거군."

"그래."

"와, 눈에 익숙하지 않으니까 기분이 이상한걸."

"그래. 요전번에 보인 이후로 처음이니까."

유타에게 보인 것은 연휴 이후로 처음이니까, 한 달 전 일이다. 그것도 한 번밖에 보여주지 않았으니 당연히 눈에 익숙하지 않을 것이다. 익숙한 사람은 마히루 정도다.

그 마히루는 치토세가 찰싹 들러붙어서 머리를 쓰다듬고 있는데다가 반 아이들에게 몰려서 포위하고 있다. 위치는 조금 떨어져 있지만, 교실이 조용해서 무슨 소리를 하는지 다 들린다. 안 들리더라도 무슨 소리를 들을지는 알지만.

"저기, 후지미야 군!"

고생이 이만저만 아니겠다고 구경했더니, 이번에는 아마네의 이름이 불릴 차례였다.

목소리가 들린 곳을 돌아보니 여자애 여럿이 흥미진진한 기색을 감추지도 않은 눈으로 아마네를 보면서 에워싸려고 했다.

여자들 상대는 익숙하지 않은 아마네는 이런 상황에 속이 쓰리지만, 애초에 이렇게 되는 것도 각오했으니까 내색하지 않고 대꾸했다.

"왜?"

"와, 진짜 후지미야 군이야! 평소랑 달라서 깜짝 놀랐어!"

"인상이 확 달라졌거든."

"진짜! 진짜로! 전에는 인상이 흐릿했는데!"

"그 말은 좀 심하잖니."

"아, 미안해. 후지미야 군."

"괜찮아. 수수한 건 사실이니까."

여자애들의 기세에 밀릴 뻔하면서도, 되도록 그 페이스에 말려들지 않게 조심하면서 쓴웃음을 짓는다.

사실 그 말이 맞고, 반박할 생각이 들거나 짜증이 나거나 하진 않았다. 아마네 자신이 수수함을 고수한 것이고, 눈에 띄는 것을 달갑게 여기지 않는 성격이었기에 교실에서도 좋지도 나쁘지도 않은 얌전한 남자 위치를 유지했다.

아마도 이 교실에서도 모두가 아마네를 수수하고 평범한 남자로 평가했었겠지.

그런데 갑자기 변했으니, 혼란스러운 것도 이해할 수 있다.

"분위기가 확 바뀌었어."

"그래. 이상해?"

"아니야. 진짜 좋아진 거 같아."

"오히려 훈남이 되어서 깜짝 놀랐어."

"그런 말을 들으니 노력한 보람이 있네."

대놓고 칭찬하는 말을 들으면 부끄럽지만, 이럴 때 부정해도 소용이 없고 겸손이 때로는 독이 된다는 것도 배웠으니까 고맙게 받아들인다.

최대한 온화한 표정을 의식하고 끄덕이자 여자애들도 즐거운 듯이 웃었다.

"저기, 있잖아. 한 가지 물어봐도 돼?"

"내가 대답할 수 있는 거라면 괜찮아."

드디어 올 게 왔다고 생각했다.

언젠가는 누군가가 할 질문이니까, 이 자리에서 확실한 대답으로 의사를 표명할 작정이다.

반 아이들도 이 자리의 대화에 귀를 쫑긋 세운 듯하니까, 지금 선언해 버리면 온 학교에 다 퍼지겠지.

"후지미야 군과 시이나 양은, 사귀는 거야? 오늘, 손을 잡고 왔다는 것 같은데……."

"그래. 고맙게도 지난주부터 사귀기 시작했어."

명확하게 긍정하자 "꺄악." 하고 간드러진 목소리가 터져 나왔다. 뒤에서 남자들의 절망과 원망의 목소리가 들린 것도 같지만, 무시한다.

어차피 다음에는 남자들한테도 질문 공세를 당할 테니까, 그때 받아주면 되겠지.

"어? 어떻게 그 시이나 양과……."

"작년부터 인연이 있었거든. 자연스럽게 친해졌어. 그렇지, 마히루?"

"네."

질문 공세가 끝났는지…… 아니, 그보다는 아마네와 대화하는 모습을 보여주는 것이 더 빠르다고 판단한 것인지, 마히루가 싱긋 웃으며 다가온다.

옆으로 이동해서 아마네에게 닿을락 말락 한 거리에 선 마히루는 아마네에게 질문하던 여자애를 향해 예쁘게 미소를 지어 보였다.

"설명하긴 어렵지만, 여러 일이 있어서 사귀게 되었어요. 한동안 제 짝사랑이었으니까, 정말 기뻐서…… 무심코 자랑하는 것처럼 손을 잡고 왔어요."

등교 때처럼 아마네의 손에 손을 포개는 마히루. 아마네도 슬쩍 쓴웃음을 짓고 덩달아 그 손을 잡았다.

"아니, 내가 더 먼저 좋아한 거 같은데."

"제가 더 먼저일 것 같은데요? 어차피 아마네 군은 쭉 고백해 주지 않았고요."

"그건 반성했고, 미안합니다. 제대로 고백했으니 용서해 주세요."

"제가 먼저 나선 것 같은데요……."

"다음부턴 내가 먼저 할게."

"뭘 하게요?"

"글쎄……."

교제 다음에 있을 것은 하나밖에 없으니까, 마히루도 생각해 보면 알 텐데도…… 마히루는 아리송한 눈치만 보였다.

아마네로선 지금 여기서 말할 것도 아니고, 책임질 나이도 아니므로, 아직 가슴속에만 담아 둔다. 아마도 이 말은 몇 년이 지나고 빛이 바래지 않고 변함이 없겠지. 그때가 되면 아마네가 먼저 말할 작정이므로, 지금은 보류하는 것으로 칠 생각이다.

말을 얼버무린 아마네를 마히루가 조금 못마땅한 눈으로 쳐다보는데, 아마네가 머리를 쓰다듬자 그것도 사라졌다.

"자꾸 얼버무려요……."

"언젠가 꼭 말할 테니까 봐주세요."

"참."

입으로는 못마땅해 보여도, 표정은 만족스러워 보였다.

다만 뭔가 깨달은 것처럼 허둥지둥 뺨을 가리고 얼굴을 붉힌다. 대체 왜 그러는가 싶어서 주위를 보니 반 아이들이 할 말을 잊고 멍하니 있었다.

시선은 아마네와 마히루를 향하고 있다.

(아뿔싸.)

그야 마히루와 사이좋은 모습을 보여줘서 남자친구 포지션을 확고하게 다질 의도는 있었지만, 평소 집에서 하는 대화를 할 예정은 없었다.

무심코 버릇대로 머리를 쓰다듬고 말았는데, 이런 식으로 스킨십을 하면 반 아이들이 어떻게 생각할지 뻔하다.

"아마네…… 너흰 무의식중에 닭살 돋게 하니까 조심해."

원조 닭살 커플 칭호를 장악하고 있는 이츠키한테도 조심하라는 말을 듣는 바람에, 아마네는 허겁지겁 마히루의 머리에서 손을 떼면서 뺨에 올라오는 열기가 겉으로 드러나지 않도록 입술을 깨물었다.

아마네와 마히루가 사귀기 시작했다는 사실은 순식간에 학교 전체로 퍼졌다.

좋든 나쁘든 수다 떨기를 좋아하는 반 아이들과 주변에 과시한 등교 풍경 덕택에 소문이 아니라 진실로서 널리 퍼진 듯하다. 복도를 걸을 때마다 수군수군 떠드는 통에 아마네로선 몹시 거북하다.

"뭐, 며칠만 지나면 잠잠해지지 않을까?"

소란을 조금 떨어진 곳에서 구경하던 마코토의 말에 카즈야도 "그러게."라고 끄덕였다.

"사람은 항상 똑같은 화제만 이야기하는 게 아니니까, 조만간 이 화제도 묻히겠지."

"그러면 좋겠는데. 매일 이러면 좀 곤란해."

쉬는 시간인 지금도 멀찍이 떨어진 곳에서 수군대고 있어서 솔직히 기분이 좋지는 않다.

"질문 공세를 당할 일은 줄어들 테지만, 다음에는 다른 의미로 몰려들겠지."

"다른 의미?"

"우량 상품으로 생각하지 않을까?"

"이미 팔렸는데."

이미 마히루에게 장래를 예약받은 셈이니까, 다른 사람을 보라고 해도 확실하게 불가능하다. 애초에 설령 마히루보다 조건이 좋은 여자가 있더라도, 마히루 말고 다른 사람을 선택하는 일은 있을 수 없다.

한눈파는 것을 기대해도 곤란하고, 그렇게 경박한 남자로 보이는 것도 탐탁지 않다.

"사랑은 논리적이지 않을 때도 있어."

"음. 마코토가 그런 소리를 하니까 신기한걸."

"말이 심하네. 뭐, 다른 사람의 남친이라도 좋아하는 마음을 참을 수는 없지 않을까? 사랑은 충동 같은 거니까."

물론 충동을 행동으로 옮겨선 안 된다고 말을 덧붙인 마코토는 뭔가 한데 모여서 이야기 중인 여자애들을 보고 슬쩍 한숨을 쉬었다.

"나는 어딜 봐도 너희 사이에 끼어들 수 없다고 생각하는데 말이야."

"그건 동감해. 그만큼 과시한 건 견제하는 뜻도 있을 테니까. 설마 사람들이 보는 앞에서 그런 행동에 나설 줄은 몰랐어."

"그건 잊어 줘……!"

아침에 있었던 일을 떠올리자 수치심이 엄습한다.

사이좋게 지내는 모습을 보이는 것에는 견제하는 의도가 있었지만, 머리를 쓰다듬는 행위나 거의 고백과 가까운 말, 그것도 듣는 사람에 따라서는 프러포즈 예정이 있다는 사실까지 알릴 생각은 없었다.

다행히 마히루는 속였지만, 이츠키나 마코토는 눈치챈 듯 "뜨거워라."라고 어이없어했다.

"뭐, 시이나 양이 그런 표정을 보이는 사람이 아마네밖에 없다는 사실도 널리 알렸으니까 그 점에선 잘된 일 아니야?"

"그건 그럴지도 모르겠는데, 그래도 부끄러운 건 부끄러운 거야."

"손잡고 등교한 주제에 뭘 새삼스럽게."

"그것과 이건 달라."

의도한 것과 의도하지 않은 것은 수치심의 정도가 다르다.

"포기해. 뭐, 그렇게 과시한 것을 고마워하는 사람들도 있으니까."

"고마워한다고?"

"시이나 양을 노리던 남자들이 다른 데로 관심을 돌리면 여자애들이 더 기뻐할걸."

작게 중얼거리는 그 말은 아마네도 생각한 적이 있었다.

마히루를 특별시하는 여자애들도 의견이 다 일치하는 것은 아니다. 개중에는 남자들의 시선을 가져가는 마히루에게 복잡한 마음이 생기는 아이도 있음을 잘 알았다.

지금까지는 누구든 호의를 보이지 않고 고고한 절벽 위 꽃처럼 항상 혼자 있었지만, 아마네라는 특정 상대가 생기고 다른 사람에게는 관심도 주지 않는다는 태도를 드러냈기 때문에 일부 집단의 반감이 사그라진 듯하다.

"여자들도 참 고생이 많아. 뭐, 그게 해결됐다면 이제 마히루도 평범한 여자애라고 모두가 알아줬으면 좋겠어. 천사님으로 불리는 건 부끄러워서 싫다고 하니까."

"역시 싫은 거구나."

"그래. 유타도 왕자님 소리를 들으면 이상한 표정을 지었으니까, 예상할 수 있겠지."

마히루와 똑같은 고민거리가 있는 유타에게는 속으로 기도해 주었다.

"무슨 이야기를 하세요?"

치토세와 하던 이야기를 마쳤는지 마히루가 아마네가 있는 곳으로 다가왔다.

이야기의 내용은 듣지 않았던 것 같지만, 아마네의 뺨이 아침에 있었던 일을 지적당하는 바람에 빨개진 것은 알아챈 듯, 아마네를 포함한 세 사람을 괴이쩍은 눈으로 보고 있다.

"아, 시이나 양? 딱히 대단한 이야기는 안 했어. 시이나 양도 평범한 여자애라는 이야기."

"대체 뭘 이야기하면 그런 이야기가 나오죠……?"

"아니, 그건…… 마히루도 천사님이 아니라 평범한 여자애라고 주위에서도 이해하기 시작했다는 이야기야."

아침에 있었던 일은 잊기로 하고, 셋이서 이야기하던 내용을 가볍게 요약해서 말하자 마히루가 "그랬군요."라고 납득한 듯이 고개를 끄덕였다.

"어떤 의미로는 우상이 되었다는 자각은 있으니까요. 정말 그럴지도 모르겠네요."

목소리를 낮춰 중얼거리는 말을 들은 마코토와 카즈야가 '역시나' 하는 표정을 지었다.

두 사람은 유타와 오래 알고 지낸 사이라고 하니까, 여러 가지를 목격한 까닭에 거의 동류인 마히루도 걱정한 거겠지.

"하지만 저는 그런 소리를 들어도 아무렇지 않아요."

"그래?"

"네. 저는…… 아마네 군한테만 평범한 여자애면 되니까요."

마히루가 속삭이는 듯한 말을 들은 사람은 아마네와 마코토, 카즈야밖에 없겠지만, 파괴력은 충분했다.

뺨을 희미하게 붉히고 배시시 웃는 마히루에게 넋이 나간 사람은 아마네만이 아니다.

옆에 있는 마코토와 카즈야한테서는 숨을 삼키는 소리가 들렸고, 우연히 이쪽을 본 듯한 같은 반 아이들도 마히루의 표정을 넋을 놓고 보고 있었다.

"후지미야, 네 여친 좀 어떻게 해 봐."

주위의 피해가 막대하다고 신음하듯 하는 말에 속으로 격하게 동의하면서도, 아마네로선 어떻게 할 수가 없다. 오히려 가장 큰 피해자는 아마네니까, 뛰는 심장을 차분하게 가라앉히는 것만으로도 벅찼다.

"진짜, 홀딱 반했네."

어이없다는 투로 중얼거린 마코토의 말에, 마히루는 뺨을 붉힌 채 긍정하듯 더욱 환하게 웃었다.

제3화 **점심시간과 심문**

"아마네 군, 식사는 어떻게 할까요?"

오전 수업이 끝나자 마히루가 두 사람의 도시락이 든 가방을 가지고 아마네의 자리로 찾아왔다.

점심은 평소 같이 먹던 사람들끼리 먹을 작정이었는데, 어쩌면 불편해할지도 모르니까 조금 망설여진다.

참고로 요새는 마코토와 카즈야와도 같이 밥을 먹을 때가 있었는데, 두 사람은 '솔로가 불똥을 맞긴 싫으니까 앞으로는 같이 안 먹을래.' 라는 이유로 점심을 같이 먹는 것을 사양했다. 쉬는 시간의 전과가 있어서 부정할 수 없다는 사실이 슬프다.

"음…… 이츠키네가 괜찮다면 같이 먹을 건데."

"아니, 우리가 거부할 거 같아?"

지갑을 챙긴 이츠키와 치토세, 유타도 아마네와 마히루에게 다가와 쓴웃음을 흘렸다.

"너무 섭섭한 소리 말라고. 평소랑 똑같잖아."

"이츠키……."

"애초에 너희는 말릴 사람이 없으면 여러모로 피해가 커지니까 우리가 있는 게 더 나을 것 같아."

"마음이 복잡해…….'

오늘 아마네와 마히루가 저지른 실수를 생각하면 이츠키가 하는 말도 이해할 수 있지만.

그래도 아침이나 쉬는 시간에 했던 실수를 또 저지를 생각은 없는데, 아마네나 마히루 중에서 누군가가 깜빡 사고를 칠지 모르는 것도 사실이다. 이츠키의 우려는 지당하겠지.

"뭐, 아무튼 우리는 평소랑 같다고."

"나는 오히려 마히룽이 팍팍 밀어붙이면 좋겠으니까 '더 해라, 해치워.' 기분인데."

"그건 좀, 주위 사람들이 힘들어할걸. 그 오붓한 모습을 목격하면…… 말이지."

"카도와키, 너마저…….'

"보는 나까지 얼굴이 화끈거리니까 말이야. 행복해 보여서 다행이지만."

순수하게 축복하며 웃는 얼굴에 뭐라고 할 수 없어진 아마네에게, 유타는 "뭐, 조금은 자중해야지. 안 그랬다간 속이 얹히는 사람도 있으니까 조심해."라고 말을 덧붙였다.

그건 마코토나 카즈야의 반응을 봐도 아니까, 아마네는 진지하게 고개를 끄덕였다.

"그래서 말인데…… 식당이면 되지? 애초에 나는 도시락이 없어서 식당이고."

"그래."

"그러면 출발하자. 오늘 정식은 뭘까?"

"오늘은 닭튀김일걸."

"오예, 우리 학식 닭튀김은 튀김옷이 얇고 맛있단 말이지."

헤헤 웃고 지갑을 흔들며 걷기 시작하는 이츠키에게 속으로 고마워하면서, 아마네는 그 뒤를 따라갔다.

"여기요, 아마네 군. 도시락 받으세요."

식당에서 다섯 자리를 확보하고 식당조가 자신들의 밥을 사 왔을 때, 마히루가 가방에서 도시락을 꺼내 아마네에게 내밀었다.

아마네의 도시락통은 다음에 꺼낸 마히루의 도시락통보다 한 사이즈는 더 커서, 비교적 먹는 양이 적다고는 해도 여자보다는 많이 먹는 남자 고등학생의 식욕을 채울 만한 크기다.

"응, 고마워."

"마히룽이 싸 준 도시락, 부러워~."

"안 줘."

"구두쇠."

뿌~ 하고 귀엽게 볼을 부풀린 치토세에게 마히루가 "제 거랑 조금 바꿀까요."라고 제안하자 치토세의 볼 풍선은 금세 쪼그라들었다.

유치한 짓이지만, 치토세의 순진한 웃음과 태도와 딱 어울리는 표정이어서 구경하던 이츠키도 미소를 짓고 있었다.

아마네도 여자들의 대화를 보면서 도시락통 뚜껑을 열었다.

안에는 어제 저녁상에 올랐다가 남은 치킨 토마토 스튜와 시금치&옥수수 간장 소테, 데친 브로콜리와 미니토마토, 문어 얼

© Hanekoto

굴을 잘 만든 비엔나 소시지, 그리고 아마네가 아주 좋아하는 달걀말이 등등이 꽉꽉 들어찼다.

메인 반찬급이 많은 것은 아마네의 식욕을 고려한 거겠지.

아마네는 기본적으로 뭐든 잘 먹고 채소도 좋아하지만, 고기가 있으면 식욕이 더 살아난다. 그보다도 아주 좋아하는 달걀말이가 있어서, 아마네는 흥이 오르는 것을 실감했다.

"아마네 군 거는 달걀말이를 많이 넣었는데, 괜찮아요?"

"달걀말이만 있으면 오후에도 힘낼 수 있을 것 같아."

"과장이 심해요."

"아니, 진짜야."

달걀 요리를 좋아하는 아마네에게는 고기보다도 좋은 활력소이므로, 달걀말이의 증량은 바라던 바였다.

곧바로 "잘 먹겠습니다." 하고 식사와 마히루에게 감사하면서, 아마네는 가장 먼저 달걀말이에 젓가락을 댔다.

입에 넣을 때의 푹신한 식감, 씹으면 부드럽게 입안에 흘러나오는 다시의 맛과 은은한 단맛의 하모니에 자연스럽게 입가가 풀어진다.

바로 삼키는 것이 아까울 정도로 맛있어서 천천히 씹고 혀로 맛본다.

잘 씹는 것이 중요한 것도 있지만, 역시 오래 즐기고 싶은 마음이 더 크다.

여전히 맛있다고 만족스러운 표정을 감추지도 않고 우물거리고 있을 때, 그 모습을 지켜보던 유타가 왠지 모르게 감탄하는 소리를 냈다.

"후지미야는 참 맛있게 먹네."

"실제로 맛있어."

"그건 알겠지만. 이렇게 맛있게 먹으면 시이나 양도 요리하는 보람이 있겠는걸."

유타가 미소를 짓고 아마네를 지켜보던 마히루에게 말하자 마히루는 뺨을 희미하게 붉히고 "그래요. 항상 맛있다고 해 줘서 정말 고마워요."라고 웃었다.

"만드는 보람이 있어요, 정말로."

"마히루가 해 주는 거고, 실제로 맛있으니까."

"아마네 군의 입맛도 파악했으니까요. 더 정진하고 싶어요."

"지금 이대로도 좋은데."

"기왕이면 아마네 군 입맛에 완벽하게 맞추고 싶으니까요."

"나는 마히루의 입맛에 맞춰도 되는데. 마히루가 만들면 뭐든 맛있으니까."

아무튼 아마네로선 마히루와 헤어질 예정은 전혀 없으므로, 아마네의 입맛에 맞추기만 하지 말고 마히루의 입맛에 맞는 것도 먹고 싶다.

전부 아마네에게 맞추는 게 아니라 둘이서 딱 좋게 서로 다가가고 싶고, 마히루의 취향에도 맞추고 싶은 마음도 있었다.

깨로 귀여운 얼굴을 표현한 문어 비엔나 소시지를 입에 쏙 던지면서 고개를 끄덕이자 마히루가 난처한 듯 웃으며 어깨를 움츠렸다.

뺨이 희미하게 물든 것을 보고 무심코 주위에 시선을 돌리자 황당해하는 이츠키의 눈이 보인다.

"말리기도 전에 꽁냥대면 어쩔 수가 없는데?"

"그런 적 없어……."

"그렇다는데? 치이."

"어? 즉, 이건 아직 시작도 안 한 거니까 꽁냥대는 수준이 아니란 거지?"

"너희 말이야."

"교실에서 한 것보다는 얌전하니까 그런 의미에서는 아닌 거겠지. 뭐, 다른 의미로 선전 효과는 있었을 거야. 끼어들 틈이 하나도 없다고 말이지."

그 말을 듣고 친구들에서 주위 자리로 시선을 옮기자 동급생과 선배로 보이는 남자들이 아마네가 있는 쪽에 눈길을 주는 것을 알아챘다.

당연하게 살기를 담은 시선을 주지만, 마히루가 그쪽을 힐끗 보자 황급히 눈을 돌리는 점이 참 알아보기 쉽다.

주위 학생들에게 들렸다는 사실을 부끄럽게 여겨야 할지, 견제할 수 있어서 기뻐해야 할지.

어색한 웃음을 지은 아마네에게, 유타는 "나는 일부러 그러는 줄 알았어……."라고 중얼거렸다.

"진짜, 사이좋은 건 좋은 일인데, 둘만의 세계에 빠져들기 쉬우니까 조심하는 게 좋지 않을까?"

이번에는 성공했으니까 괜찮다는 말을 덧붙이면서도 조금 어이없어하는 투라서, 아마네는 입술을 꾹 다물 수밖에 없었다.

"나는 왜 포위당한 걸까."

점심을 다 먹고 교실로 돌아오자 남자들이 우르르 몰려와 아마네를 에워쌌다.

참고로 마히루는 치토세와 마실 것을 사러 간다며 자리를 비운 상태이며, 이츠키와 유타는 아마네가 포위당하는 것을 보고도 "순순히 심문당해 봐."라고 웃고 다음 수업 준비를 시작했다.

야박한 녀석들이라고 생각했지만, 이 정도 일을 혼자 처리하지 못해선 앞으로 마히루와 함께할 수 없으니까 아마네는 남몰래 한숨을 쉬면서도 얌전히 학생들에게 에워싸였다.

에워싼 사람은 주로 아마네와 같은 반 남자들이다.

다만 악의가 있어서 그렇다기보다는 단순히 불만을 발산하고 싶은 눈치여서, 아마네를 모욕하려는 분위기는 없어 보인다.

"말이 많아, 세기의 대도둑. 모두의 천사님을……."

"스케일 참 크네. 그리고 애초에 마히루는 모두의 것이 아니라고."

"천사님이 손수 만든 도시락이 부러워."

"아니, 사귀는 사이니까 불평해도 말이지."

"저 하늘의 별을 쉽게 따다니."

"쉬운 적은 없었는데……."

입만 열면 불만이 튀어나오지만, 하나같이 투정하는 듯 어감이 부드럽다. 자잘한 질투는 있어도 사귀는 것 자체에는 이의를 제기하지 않는 듯해서, 몰래 이쪽 분위기를 살피던 이츠키는 실실 웃고 고개를 돌렸다. 아무튼 구출해 줄 사람은 없는 듯하다.

"애초에 시이나 양과 후지미야가 가까워진 계기가 뭔데. 작년부터 알았다고 했는데, 접점이 없잖아."

"아니, 뭐, 그게 있지…… 어쩌다가 비를 맞는 마히루에게 우산을 빌려줬는데, 그때부터 인연이 생겼다고 할까."

"그게 다야?!"

"그, 그게 다인데. 뭐, 그때부터 접점이 생겨서, 내 나태한 생활을 보다 못한 마히루가 나를 챙겨 주기 시작한 느낌으로 말이지."

"완전 땡잡았잖아."

"그건 뭐, 부정하지 않겠어."

그건 여러 우연이 겹친 만남이었다.

그날 마히루가 모친의 전화를 받지 않았다면, 아마네가 주위를 안 살폈다면, 우산을 빌려주고 제대로 샤워했다면, 아마네에게 흑심이 있었다면, 아마네와 마히루의 인연은 이어지지 않았다. 뭐라도 하나 부족했으면, 지금 두 사람의 관계는 성립하지 않았겠지.

그러므로 마히루와 아마네가 맺어진 것은 일종의 기적이다.

어깨를 으쓱하고 난처한 듯 눈꼬리를 내리며 웃자 눈앞에 있던 같은 반 남자들이 슬쩍 한숨을 쉬었다.

"딱히 욕할 생각은 없지만, 천사님이 후지미야에게 반한 이유를 모르겠어. 얼굴이나 머리가 좋은 사람이라면 다른 사람도 있잖아. 접점은 알았지만, 좋아하게 된 계기는 없어?"

"언제 반했는지, 왜 좋아하게 됐는지는 나도 들은 적이 없어서 모르는데⋯⋯."

호감을 샀다는 것은 알지만, 구체적으로 마히루가 언제 아마네를 좋아하게 되었는지는 모른다. 따라서 아마네에게 물어봐도 곤란하다. 아는 사람은 본인밖에 없겠지.

대답하기 어렵다고 애매하게 웃음을 짓자 지난번에 마히루 주최 공부 모임에서 도와준 이후로 가끔 말을 걸게 된 반 남자가 작게 웃었다.

"뭐, 그런 거 아닐까? 후지미야는 차분하고, 의외로 주위 사람들을 배려하고 챙겨 주니까, 그런 점에 끌린 게 아닐까?"

"시이나 양은 시끌벅적한 성격을 별로 좋아하지 않을 거 같으니까. 함께 있어서 즐거운 사람보다 함께 지내면 마음이 편한 사람을 우선할 것 같잖아? 후지미야는 말하는 게 좀 쌀쌀맞지만 남을 무시하거나 부정하진 않고. 함께 지내면 편할 거야."

"그나저나 지금 생각해 보면 후지미야는 시이나 양을 잘 챙겨 줬단 말이지. 공부 모임 때도 그렇지만, 조리 실습 때나 체육 시간 때 말이야. 대하는 태도가 신사적이었지. 몸을 던져서 지켜 주기도 했고."

"그건 후지미야 나름대로 시이나 양을 남몰래 소중히 여겼다는 거야?"

그렇게 말하고 둘이서 아마네에 관해 멋대로 떠들기 시작해서, 아마네는 허겁지겁 두 사람을 노려봤다.

"야, 이마노, 야마자키. 그러지 마."

"이건 쑥스러워서 그러는 거겠지."

"이게 본심이 아니라 이건가. 그렇군."

"이 자식들이."

두 사람 모두 아마네의 눈빛에 기죽은 기색이 없다.

욕을 먹는 게 낫겠다고, 아마네가 두 사람의 평가를 듣고 거북해할 때, 포위망 밖에서 귀에 익은 귀여운 목소리가 들려왔다.

"아하하. 뭐, 아마네는 알아보기 어렵지만 착하고 정이 많으니까. 그런 점에도 마히룽이 끌린 게 아닐까?"

"그래? 그런데 왜 시라카와가 있어!"

아까만 해도 교실에 없었던 치토세가 얼굴을 쏙 내민다.

"어~? 그야 점심시간도 얼마 안 남았고, 보아하니 우리가 없는 사이에 아마네가 포위당했다는 정보가 있어서 구경하러 돌아온 건데. 참고로 마히룽 본인도 있거든?"

"죄, 죄송해요."

다소 미안한 듯 사과하는 것은 화제의 중심인물인 마히루다.

아직 오후 수업이 남았으니까 교실에서 이런 이야기를 하면 당연히 돌아왔을 때 알아차릴 텐데, 모두가 미처 그 생각을 못한 거겠지.

이츠키를 힐끗 보자 손에 든 스마트폰을 흔드는 것을 보니 이츠키가 호출한 듯하다. 고마워해야 할지, 직접 이야기에 끼어들지 않은 것에 불만을 드러내야 할지.

마히루는 아마네가 포위당한 것을 보고 난감한 듯 미소를 지으며 아마네에게 다가온다.

오늘 하루로 아마네의 옆이 완전히 고정 위치가 된 마히루는 쏟아지는 시선을 아랑곳하는 기색도 없이 "직접 말로 전한 적이 없었으니까요."라고 아마네에게 말했다.

"왜 좋아하게 됐는지를 말하자면 말로 표현하기 어렵지만, 저를 저로서 봐주고, 전부 받아들여 주고, 존중해 주고, 소중히 여겨 주니까, 그런 이유예요."

온화한 목소리로 자아내는 말은 무척 포근하게 들렸다.

"전에도 말했지만, 아마네 군은 태도가 조금 무뚝뚝하지만, 가까워지면 온화하고, 다정하고, 신사적이고, 힘들 때 의지가 되는 사람이에요. 안이하게, 겉으로만 위로하진 않고, 저를 잘 보고, 행동으로 보여주었어요. 제 연약한 부분도, 전부 받아주었어요. 그리고 용기를 주면서 제가 스스로 일어설 때까지 기대게 해 주었죠. 그러면 반할 수밖에 없다고 할까요……. 저한테는 이 사람밖에 없다고 확신하기에는 충분했어요."

그렇다면 마히루의 모친과 마주친 봄 방학 때 이미 좋아한다고 확신했음을 이해하면서, 동시에 얼굴이 엄청나게 뜨거워진다.

그야 언제 좋아하게 되었는지, 뭘 보고 좋아하게 되었는지, 그런 것을 물어보고 싶기는 했다. 하지만 이렇게 사람들이 보는 앞에서, 이렇게 행복하게 웃는 얼굴로 사랑스럽게 말할 줄은 몰랐기에, 아마네는 당장에라도 이 자리에서 도망치고 싶은 마음이 가슴에 가득했다.

"저를 받아들여 주고, 소중히 여겨 주고, 존중해 주고, 지켜봐 주는 사람. 수줍음을 잘 타고 솔직한 구석이 없지만, 언제나 다정하게 대해 주는 사람. 알면 알수록 더 좋아졌어요."

"마, 마히루. 슬슬 그만해."

"물론, 나쁜 점이 없는 건 아니거든요? 자기 자신에게 애착이 없는 점이라거나, 자신감이 부족한 것은 단점이지만, 요새 애써서 자신을 갈고닦는 점은 참 근사하고, 저를 너무 존중하는 바람에 조금 주춤거리는 점도 귀엽으음."

"제발 그만해 줘……."

더 말하게 두었다간 아마네가 수치심으로 사망할 것 같으니까 도중에 마히루의 입을 손으로 막았는데, 이미 틀렸다고 말해도 좋을 만큼 아마네는 부끄러움에 몸서리치고 싶었다.

다만 얼굴이 빨간 것은 아마네만이 아니다.

이제는 애인 자랑으로 봐도 과언이 아닐 말을 들은 주위 반 아이들도 얼굴을 살짝 붉히고 안절부절못하는 기색으로 시선을 이리저리 돌리고 있다.

"왜 그런 말을 해."

"이참에 제가 얼마나 아마네 군을 좋아하는지와 아마네 군의 장점을 선전해야 여러분과 알력이 생기지 않을 것 같아서요."

"일부러 그런 거라면 너무 사악해……. 게다가 나한테는 명예롭지 않은 것까지 알렸잖아."

"어떤 걸 말이죠?"

"마지막 부분……."

"사실은 사실이니까요. 물론, 그런 점도 좋아해요. 단점도 전부 사랑스럽게 여겨요."

"시끄러워. 어차피 난 겁쟁이야."

아마네 자신도 잘 아는 사실을 사랑하는 사람이 들이대는 바람에 마음이 복잡해져서 입술을 깨물자 옆에서 작은 웃음소리가 들려왔다.

"그렇게 말하는 너도 순진한 주제에."라고 아마네가 마히루에게만 들리게 중얼거리자 마히루가 고개를 홱 돌리고 정말로 살살 아마네의 팔을 탁탁 때리는 것을 보면, 본인도 순진하다는 것을 잘 아는 듯하다.

참으로 깜찍한 공격을 받으면서 마음을 차분히 가라앉혀 뺨의 열기를 식히고 있었더니, 무언가를 딱 때리는 듯한 경쾌한 소리가 몇 차례 울린다.

소리의 진원지는 치토세인 듯, 손을 마주쳐 소리를 냈을 때의 자세 그대로, 조금 어이가 없다는 눈초리로 이쪽을 쳐다보고 있었다.

"자자, 그만 꽁냥대. 주위가 초토화되겠어. 그리고 제군 중에 이 콩깍지 커플 사이에 끼어들 용사는 있어?"

"무리."

"이길 수 없어."

"그랬다간 죽을 것 같아."

치토세가 물어보자 힘없이 고개를 젓는 남자들을 보고, 아마네도 힘없이 축 늘어졌다.

사람들 앞에서 마히루에게 이만큼 말하게 시킬 생각은 없었고, 물어볼 배짱도 없었다. 여러모로 부끄러워서 죽을 것 같으면서도 마히루에게 시선을 돌려 보니, 마히루는 자신감과 행복함이 가득해 보이는 미소를 입가에 짓고 있었다.

"뭐랄까, 시이나 양은…… 좋아하는 사람 앞에서는 평범한 여자애구나."

지금껏 말없이 상황을 지켜보던 같은 반 여자애의 말에 마히루가 눈을 동그랗게 뜬 다음, 천진함과 장난기가 함께하는 웃음으로 표정을 바꿨다.

"그야 저는 평범한 여자애니까요."

주저하지 않고 단언하고 다시 아마네에게 활짝 웃은 마히루를 보고, 아마네는 이건 이거대로 오히려 인기를 끌지 않을까……라고 생각하면서 마히루의 머리를 마구 쓰다듬어 수치심을 얼버무렸다.

유달리 하루가 길게 느껴진 것은 시선을 계속 받은 탓이리라.

일부러 과시했다고는 하나, 역시 다수의 시선을 받는 것은 정신적으로 피곤하고, 시선 중에는 도저히 호의적이지 않은 것도 있어서 신경이 마모되는 것이다.

"마히루, 가자."

다양한 시선을 받는 것도, 오늘은 이쯤에서 끝난다.

간신히 하루 수업을 마친 아마네는 귀가 준비 중이던 마히루에게 말을 걸었다.

아마네와 마히루는 여전히 귀가부인데, 마히루는 특정 동아리에 들어가면 번거로운 일이 생기고 자칫 잘못하면 인원이 한쪽에 쏠린다는 이유로 무소속이라고 한다.

마히루 자신의 영향력을 잘 아니까 그렇게 선택한 거겠지만, 아마네는 그럴 수밖에 없었다는 사실이 조금 슬펐다.

본인은 신경을 안 쓰는 듯 오히려 "동아리에 안 들어가서 아마네 군을 만난 거니까……."라고 말하는 바람에 아마네가 쑥스러워하는 지경에 처했다.

"네. 다 됐어요."

짐을 다 챙긴 마히루가 부드럽게 웃어서, 아마네도 자연스럽게 표정이 부드러워진다.

예전에는 둘이서 따로따로 귀가할 수밖에 없었지만, 지금은 둘이서 나란히 걸을 수 있다는 사실이 기뻤다.

"먼저 갈 건데, 괜찮겠어?"

아마네는 책상 위에 있는 마히루의 가방을 들면서 옆에 있는 이츠키에게 말을 걸었다. 유타는 애초에 동아리 활동이 있어서 이미 교실에서 자취를 감췄다.

"응. 뭐, 신혼부부를 방해하면 가슴이 아플 테니까 둘이서 뜨겁게 가 보라고."

"신혼 아니야, 바보야."

"그야 베테랑 부부인 건 알지만."

"그런 의미도 아니야."

무슨 소리를 하는 거냐고 째려봤지만, 이츠키는 신경도 쓰는 기색이 없다. 오히려 유쾌한 느낌으로 아마네의 날카로운 시선에도 평소처럼 가볍게 실실 웃고 있다.

"어딜 봐도 말이지. 치이도 그렇게 생각하지?"

"동감이야~."

"시끄러워. 닭살 커플이 할 소리냐."

"안녕, 2대 닭살 커플. 원조가 말해 주마. 이 닭살 커플아."

"이 자식이."

"저, 저기. 아마네 군도 진정하세요."

딱밤이라도 한 대 먹일까 생각했지만, 마히루가 중재에 나서서 포기했다.

"아카자와 씨도 아마네 군을 너무 놀리지 마세요."

"마히루……."

"아마네 군은 솔직하지 못해서 놀리면 토라져요. 적당히 조절해 주세요."

"마히루, 너마저."

"농담한 거예요."

마히루까지 놀리는 바람에 아마네는 마음이 복잡했지만, 마히루가 학교에서 본래의 표정으로 즐겁게 웃으니까 말릴 수 없다.

언제나 틀에 박힌 것처럼 누구나 찬사를 아끼지 않을 만큼 아름다운 미소를 지을 뿐, 마히루 본래의 웃음은 묻혔기 때문이다. 지금처럼 생기가 넘치는 웃음과 태도를 따질 수는 없다.

그건 그렇고, 아마네로선 놀림을 당했으면 복수해야 직성이 풀리니까 집에 가면 마히루를 실컷 귀여워해 줄 심산이다.

"자, 아마네 군. 가요."

뭔가 느낀 듯한 마히루가 다소 허둥대듯 불러서, 아마네는 "그래."라고 웃고 마히루의 손을 잡았다.

"저는 이렇게 함께 장을 볼 수 있어서, 관계를 공개하길 잘했다고 생각해요."

슈퍼마켓에서 오늘 저녁에 쓸 재료를 고르며 마히루가 곱씹듯이 말했다.

슈퍼마켓은 학생 커플이 갈 만한 곳이 아니지만, 딱히 데이트 예정도 없는 데다가 저녁 준비도 있고 해서 둘이서 찾아왔다.

"뭐, 예전에는 아무래도 함께 갈 수 없었으니까."

"네. 앞으로는 장도 당당하게 함께 보러 갈 수 있겠네요."

"그래. 뭐하면 즉석에서 식단도 정할 수 있으니까."

"네."

기본적으로 식단은 사전에 정하지만, 앞으로는 갑자기 먹고 싶어진 요리가 생겨도 곧바로 상의할 수 있다.

원래 오늘은 일식으로 식단을 맞추려고 했지만, 아마네가 학식 정식을 보고 닭튀김이 먹고 싶다고 말하는 바람에 마히루가 그 희망을 들어주기로 한 것이다.

아마네가 든 장바구니에 엄선한 닭다리살을 넣은 마히루는 "고기만 계속되니까 내일은 생선류로 식단을 짜는 게 좋겠네요."라며 내일 저녁도 생각하는 듯하다.

"내일은 뭐가 좋을까요?"

"뭐든지 좋아……. 아, 이렇게 말하면 곤란하댔지? 그래, 전갱이가 먹고 싶은데."

"제철이니까 딱 좋네요. 그러면 전갱이 양념 튀김을 할게요. 식초는 적게 할까요?"

"응."

아마네가 "잘 아시네요."라고 말하고 웃자 마히루가 "반년 넘게 식사를 차렸으니까요."라고 활짝 웃었다.

그야 반년이나 마히루와 같이 식사했으니까 취향도 알겠지. 접점이 생기고 반년밖에 안 되었다는 뜻이기도 하지만, 정말로 그 반년 동안에 참 많은 일이 있었다는 감회가 생긴다.

"반년 만에 사귀다니 굉장한걸."

"저한테는 길었는걸요? 아마네 군은 둔감하고, 아는 것 같으면서도 모르는 척했으니까요."

"윽. 미안하대도……."

"후후. 괴롭힐 생각은 없었어요. 지금 저를 좋아해 준다는 걸 아니까요. 괜찮아요."

짓궂게 웃는 마히루 때문에 조금 멋쩍었지만, 애초에 아마네가 결단을 못 내린 탓이니까 전면적으로 잘못을 인정할 수밖에 없다.

"저기, 앞으로는 애정 표현을 잘하겠습니다."

"고마워요. 저도 잘할게요."

"마히루가 너무 그랬다간 내가 힘드니까 살살해 줘."

"힘들어요?"

"사람을 늑대로 만들지 마⋯⋯."

아마네로선 마히루가 자꾸 애정 표현을 하면 이성이 제 기능을 못 할 것 같으므로, 적당한 선에서 그만둬 주면 좋겠다.

그 의미를 이해한 듯 마히루가 확 소리가 날 것처럼 얼굴을 붉히고 "조, 조심할게요⋯⋯."라고 기어드는 목소리로 대답해서, 아마네는 어떻게든 얼굴이 빨개지는 것을 참으면서 "그래."라고 고개를 끄덕였다.

제4화 환경의 변화와 마음의 변화

"저기, 이츠키."

"왜 친구야."

"마히루 말인데, 사귀기 전보다 더 인기가 많아지지 않았어?"

교실에서 수많은 반 아이들에게 둘러싸였는데도 웃는 얼굴로 대응하는 마히루를 보면서 아마네가 중얼거린 말에 이츠키는 "그러게 말이야." 하고 긍정했다.

사귀고 며칠이 지났지만, 마히루의 인기는 식을 줄 모른다. 오히려 인기가 늘어나고 있다.

원래부터 학년 제일의 인기인이라고 해도 과언이 아니었는데, 팬이 더 늘어났다.

남자보다 여자 비율이 많은 것은 괜찮지만, 남자들한테도 뜨거운 시선을 받는 모습을 보면 마음이 좀 복잡하다.

"뭐, 시이나 양의 인기가 늘어난 이유는 알 것 같아."

"그게 뭔데?"

"뭐라고 할까…… 예전에는 쇼케이스 너머에 있는 느낌이었는데, 지금은 친근하게 느껴지는 게 아닐까? 접촉하거나 다가가기 어려웠던 시이나 양이 아마네와 잘되면서 평범한 여자애의 면모를 드러내서 그럴 거야.”

하긴. 마히루는 아마네와 교제를 시작한 뒤로 웃는 얼굴의 질이 달라졌다.

물론 천사님의 미소도 있지만, 원래 모습도 보여주게 되었다.

섬세하고 환상적인 웃음보다, 또래 소녀답게 천진난만한 웃음을 보여주는 일도 많아졌다.

정말로 아주 조금씩이지만. 천사님처럼 행동하지 않고 본래의 자신을 보여주게 되어서 기쁘면서도, 한편으로 자신만이 아는 비밀이 줄어들었다는 사실에 마음이 좀 복잡해진다.

마히루가 우상이 아닌 평범한 여자애라는 사실을 알아주길 바라면서도 그것이 알려지면서 속이 답답하다는 모순에, 아마네는 자기혐오를 느꼈다.

“뭐랄까, 역시 속이 뒤숭숭해. 아주 가까운 사람만 알던 본래 얼굴이 공개되는 건 말이야. 그걸 나는 기뻐했을 텐데, 왠지 답답해. 나도 참 속 좁은 남자 같아.”

“독점욕의 표출이군. 뭐…… 지금 보여주는 얼굴이 전부는 아니잖아? 너한테만 보여주는 얼굴도 아주 많을 테고.”

“그야 뭐, 그렇지.”

몸이 닿았을 때 보여주는, 부끄러워하면서도 희미하게 기뻐하는 내색을 보여주는 얼굴도, 토라졌을 때 보여주는, 작은 풍선을 볼에 단 것처럼 뚱한 얼굴도, 응석을 받아줬을 때 보여주는, 꿀을 흡수한 스펀지처럼 부드럽고 달콤한 웃음도, 전부 아마네만 볼 수 있다.

"게다가 시이나 양을 바꾼 것은 너고, 네가 있어서 저렇게 웃는 거니까 툴툴대지 말고 '내 마히루는 참 귀엽지?' 라면서 당당하게 굴면 돼."

"그 정도로 내 거라고 주장할 순 없지만, 질투하지는 않게 하겠어."

"뭐가 네 거라고 주장할 수 없다는 건데. 사람들 앞에서 그토록 꽁냥댔으면서."

"그, 그건…… 일부러 한 게 아니야."

"일부러 그런 거라면 패기가 넘치는 거겠고, 그게 아니더라도 무의식중에 그만큼 좋아한다는 감정이 흘러넘치는 거라고. 덕분에 주변 사람들이 죽으려고 하잖아."

학습할 줄 알라고 이마를 쿡 찔러서, 아마네는 입술을 꾹 닫고 끙끙거렸다.

요새 반에선 아마네와 마히루가 근처에 있으면 어째서인지 얼굴을 붉히거나 시선을 이리저리 돌리는 아이가 있다.

딱히 스킨십을 하거나 특별한 대화를 하는 것도 아닌데 얼굴을 뜨겁게 붉혀서, 아마네로선 도저히 이해할 수 없다.

일단은 시샘하는 시선도 받을 때가 있지만, 늘어난 것은 따스한 눈길이다.

예전에 질투해서 따지고 들었던 같은 반 남자의 말로는, "뭐라고 할까. 그렇게 사이좋게 지내면, 무슨 일이 있어도 나하곤 인연이 없다는 걸 아니까 포기할 수 있어……."라고 한다.

마히루가 아마네만 본다고 다른 사람한테 듣는 바람에 부끄러웠지만, 조금 기뻤던 것도 사실이다.

"뭐, 시이나 양도 너를 빼앗기지 않게 어필하는 거겠지만."

"나를 빼앗기다니, 말도 안 되잖아. 마히루처럼 특별한 것도 아니고 말이야. 관심도 안 줄걸? 관심을 받아도 곤란해."

"그야 특별하진 않지만…… 너도 평균점은 높다고. 학력은 말할 것도 없고, 입은 다소 거칠지만, 기본적으로 신사적이고 한눈팔지 않는 성실한 녀석이란 말이지. 안정을 추구하는 여자들에겐 우량 상품일 것 같은데."

"네가 그렇게 칭찬하면 왠지…… 토할 것 같은데……."

"네, 말하는 꼬라지에서 50점 감점입니다. 그건 그렇고, 너는 입이 솔직하지 않으니까 쌀쌀맞아 보일 뿐이고, 성격만 보면 꽤 솔직하단 말이지."

"성격이 꼬였다는 걸 잘못 말한 거겠지."

가장 삐뚤어졌던 시절만큼은 아니더라도, 아마네는 자신이 지금도 성격이 삐딱하고 나쁘다고 생각한다.

성격이 좋고 솔직하다는 찬사는 유타처럼 겉과 속이 다르지 않은 호감형 남자에게 어울리지, 자신처럼 성격이 모난 사람을 붙잡고 할 소리는 아닐 것이다.

"나는 엄청 알기 쉽고 솔직한 성격이라고 보는데. 치이도 네가 알기 쉽다고 했어."

"이것들이."

"뭐가 어쨌든, 자기 입으로 비뚤어졌다고 하면서도 올곧고, 남을 배려할 줄 아는 녀석이라고 생각해. 입이 좀 험하지만."

"입이 험해서 미안하네요."

고개를 홱 돌리자 목을 끅끅대면서 웃는 이츠키가 어깨를 찰싹찰싹 때려서, 아마네는 앙갚음하려고 팔꿈치로 찌른 뒤, 나지막하게 "고마워."라고 중얼거렸다.

"후지미야 군은 시이나 양이랑 사귀고 나서부터 말하기 편해졌어."

그리고 아무래도 주위 환경은 마히루만이 아니라 아마네도 변화한 듯했다.

기본적으로 마히루와 사귀기 전에는 친한 사람 말고는 업무 연락과 인사 정도만 하고 이야기할 일이 거의 없었으니까 굳이 말을 걸려는 사람도 별로 없었지만…… 마히루와 사귀고 나서부터는 자주 이야기하게 되었다.

"그래……?"

아마네는 학교를 쉰 남학생을 대신해서, 아르바이트 시간에 지각하게 생겼다며 난처해하는 여자애의 주번 일을 도와주고 있었다.

아마네는 갑자기 그런 소리를 들어도 차마 뭐라고 말할 수 없어서 어깨를 으쓱했다.

참고로 마히루는 함께 도우려고 했지만, 다른 반 여자애들이 뭔가 상담을 요청해서 교실 구석에서 이야기를 나누고 있었다.

이렇게 다른 사람을 잘 돕는 것은 여전해서, 남친으로서는 절로 미소가 지어지면서도 고생이 참 많겠구나, 하는 생각도 든다.

오늘 주번인 반 여자애는 학급 일지를 슥슥 쓰다가 교실 정돈을 마치고 칠판을 청소하던 아마네의 표정을 슬쩍 보고 웃었다.

"많이 변했는걸? 역시 뭐랄까, 후지미야 군은 스타일 바꾸기 전만 해도 다가가기 어려웠으니까. '말 걸지 마' 오라가 있었다고 할까? 낯을 많이 가리는구나 싶었거든."

"왠지 미안한걸."

"아하하. 사과해도 곤란해. 그것도 본인 성격 문제니까 뭐라고 할 생각은 없거든? 다만 교우 관계가 좁고 깊은 타입이겠구나 생각한 거야. 그래서 카도와키 군과 친해진 것도 정말 신기했어. 이번에 스타일을 바꾸고 나서 이렇게 며칠이 지나고 보니까, 후지미야 군은 안 변했지만 인간관계에 여유가 생겼다고 할까, 얕게나마 길이 트였구나 하고 납득했어."

"키도, 너는 다른 사람을 잘 관찰하는 편이야?"

"그야 취미이기도 하니까."

놀라운 점은, 이 아이가 아마네를 잘 보고 있었다는 사실이다.

아마네도 반 아이들의 성격을 어렴풋하게 파악하고 있지만, 아마네가 봤을 때는 치토세처럼 사람들 중심에서 생글생글 웃고 주위 사람들의 긴장을 풀어주는 정도였다.

마히루와는 다른 방향성으로 인기가 많은—— 그것이 이 소녀, 키도 아야카에게 느끼는 인상이다.

접점이 없어서 얼굴과 이름만 기억하는 정도지만, 마찬가지로 접점이 없었을 아야카는 아마네를 잘 관찰하고 있었던 것 같다.

"뭐…… 좁은 곳에 틀어박혀도 좋을 건 없다고 생각하긴 했어."

"시이나 양을 위해서?"

"그건 아니야. 마히루를 위해서가 아니라, 나 자신을 위해서."

마히루가 변화를 원한 것은 아니니까 행동의 책임을 떠넘기고 싶지도 않다. 이렇게 되기를 바란 것은 어디까지나 아마네 자신의 마음이다.

"변하기로 마음먹은 건, 마히루 덕분이기는 해도 마히루를 위해서가 아니야. 내가 마히루의 곁에 있고 싶으니까, 틀어박혀 사는 것을 그만둔 거지. 내 멋대로 한 거야."

마히루라면 용기를 내고 나서기 전의 아마네라도 변함없이 좋아해 줄 거라고 믿지만, 그래도 변하려고 마음먹은 것은 아마네 자신이 가슴을 당당하게 펴고 싶었기 때문이다.

그저 마히루의 옆을 걷는 데 합당한 사람이 되고자 노력해서 변화하려는 마음을 먹은 것이므로, 말하자면 전부 자기만족에 지나지 않는다. 아마네가 결단한 것이지, 그것에 마히루의 의사는 개입하지 않았다.

어디까지나 자기 자신을 위해서라고 단언하는 아마네에게, 일지를 다 쓴 듯한 아야카는 어째서인지 기쁜 눈치로 웃음을 띠고 있다.

"시이나 양은 사랑받는구나."

"왜 이야기가 그렇게 되는데?"

"우후후. 그렇게 되는 거야."

만족스럽게 "잘 먹었습니다."라고 활짝 웃는 아야카를 보니 얼굴이 실룩거릴 것 같지만, 그 눈빛에 놀리는 기색이 하나도 없으니까 차마 화낼 수가 없었다.

"뭐, 그만큼 애정이 깊다는 뜻이야, 신사 양반. 어지간히 좋아하지 않는 이상 변하려고 하지 않으니까. 좋아하는 사람을 위해서…… 아, 이건 표현이 좀 그러네. 좋아하는 사람에게 어울리도록 노력한다는 건 대단한 거야. 사랑이네, 사랑."

"별로…… 상관없잖아."

"응응. 아주 좋아. 시이나 양한테도 듬뿍 사랑받는 것 같고. 그 이전에 지금도 시선이 오는걸."

저것 보라면서 교실 구석에 시선을 돌리는 아야카를 보고 덩달아 돌아보니 이야기가 끝난 듯 마히루가 혼자 조용히 기다리고 있었다. 조금 불안한 얼굴인 것은 여자애와 사이좋게 이야기하고 있기 때문이겠지.

"시이나 양이 보는걸."

"그러네."

"시이나 양한테는 오해하지 말라고 전해야 한다? 나는 남친 있으니까. 질투하게 할 생각은 없었는데 말이지."

짓궂게 웃고 일어서는 아야카. 그리고 동시에 타이밍을 잰 것처럼 교실 밖에서 "아야카, 아직 안 끝났어? 알바 늦겠어."라는 남자 목소리가 들렸다.

"소짱, 잠깐만 기다려~. 이것만 제출하고 갈게~."

그러고 보니 아야카는 아르바이트 일이 있어서 서두르고 있었을 텐데. 그 기억을 떠올렸지만, 조급한 기색도 없이 느긋한 투로 남자에게 대꾸하고 있다.

아야카와 시선이 마주치자 장난치듯 윙크했다.

"후지미야 군, 도와줘서 고마워. 어디 보자, 보답은…… 이것 밖에 없지만 용서해 줘. 잘 있어."

가방에서 뭔가 꺼낸 동작은 이상하게도 잽싸서, 아야카는 아마네의 손바닥에 뭔가 올려놓고 타박타박 뛰어서 교실을 나섰다.

느긋한 태풍이었다고 생각하면서 받은 것을 보니 프로틴 배합 알갱이가 들어간 초콜릿이었다. 유타가 운동 후에 가볍게 먹으면 좋다고 추천한 것이기도 하다.

"보답은 됐는데……. 그나저나 왜 이걸 줬지?"

여자가 왜 남자들이 먹는 것을 가지고 있을까? 비실비실하니까 근육을 더 키우라는 뜻일까? 이런저런 의문을 남기고 사라진 아야카가 나간 문을 보고 있었더니 옆에 마히루가 다가왔다.

그 얼굴은, 불만이 어린 것은 아니면서도 뭔가 호소하는 표정이었다.

"뭔가 할 말이 엄청 많아 보이는 얼굴인걸."

"따, 딱히 의심하는 건 아니거든요? 그저 즐겁게 대화하고 있어서, 무슨 이야기를 했을까 궁금해서요……."

역시 남친이 다른 여자애와 이야기하면 불안한 듯하다.

아마네는 마히루에게 그런 심정을 느끼게 할 생각이 없고, 상대도 잡담으로 인식했을 테지만, 마히루가 그렇게 느꼈다면 반성해야겠지.

© Hanekoto

"불안하게 해서 미안해. 아까는 단순히 내가 변했다는 이야기를 한 거야. 키도가 봐도 꽤 많이 변했대."

아무리 그래도 사랑 운운한 것을 이야기하는 것은 부끄러워서 의도적으로 덜어냈지만, 내용은 대략 전달되겠지.

머리를 쓰다듬으면서 천천히 말하자 조금 차분해졌는지 늘어진 눈썹이 천천히 부드럽게 미소를 지을 때의 위치로 바뀐다. 마히루는 아마네가 작은 스킨십을 하면 차분해진다. 요새 알아낸 사실이다.

"그건 그래요. 아마네 군은 딱 봐도 시원시원한 미남이 됐는걸요. 예전과의 차이는 한눈에 보면 알아요."

"예전이 음침했을 뿐인데 말이지. 격차가 크다는 건 알겠어."

"그야 예전의 아마네 군은 조용하고 다소 위압적인 차분함이 있었으니까요. 겉만 봐서는 말을 붙이기 어려웠던 것도 부정할 수 없어요. 하지만 변했다면, 내면도 그렇다는 소리를 들은 게 아니에요?"

"뭐, 말하기 편해졌다고는 하더라고."

"후후. 예전에도 아마네 군이 적극적이지 않았을 뿐이지, 누가 말을 걸면 평범하게 대답했는데 말이죠. 저랑 사귀게 되었다고 보고했을 때를 계기로 모두가 말을 걸었으니까, 그만큼 대화가 많아져서 이야기하기 편하다는 것을 알아줬을 거예요. 게다가 아마네 군은 예전보다 둥글둥글해졌으니까요."

머리를 쓰다듬는 아마네에게 반격하듯이 아마네의 볼을 손끝으로 꾹꾹 누르는 마히루에게 수줍음을 느끼면서, 창피하니까 그 손을 잡아서 치웠다.

그 대신에 손을 잡고 깍지를 꼈으니까 마히루의 스킨십 욕구
도 만족시킬 수 있겠지.

아까보다도 훨씬 푸근한 미소로 변한 마히루가 "아마네 군,
요새는 웃는 일도 많아졌어요."라고 속삭여서, 아마네는 낯간
지러운 나머지 시선을 마히루에게서 조금 떼었다.

"마히루랑 함께 지냈으니까 변한 것 같지만. 그리고 그걸 말하
자면 마히루도 예정보다 이야기하기 편한 분위기가 되었어."

"그렇다면 아마네 군과 함께 지내서 그런 거네요."

"그래……?"

"그래요."

얼굴을 안 봐도 즐겁게 웃는 것을 알 수 있어서, 아마네는 일부
러 마히루를 보지 않고 복수하듯이 마히루의 손을 꼭꼭 주무름
으로써 수치심을 얼버무렸다.

제5화 　숨기지 못하는 것

6월도 후반이 되면 장마철이 한창이라서, 날이 개거나 비가 쏟아지거나 하는 나날을 되풀이하고 있었다.

오늘도 흐릿한 회색 하늘에서 쉴 새 없이 물방울이 떨어지고 있어서 평소보다도 시야가 나쁘고 분위기도 왠지 음울하다. 갑갑함마저 느껴지는 것은 평소보다 하늘이 더 칙칙한 탓일지도 모른다.

"으엑…… 눅눅해."

"장마철이니까."

학교에도 늘어진 공기가 가득한 것은 어쩔 수 없겠지. 특히 밖에서 활동하는 운동부 멤버들은 맥이 빠지는지, 우울한 분위기를 내고 있다.

운동부 소속은 아니어도 활동적이고 몸을 움직이는 것을 좋아하는 치토세도 이 날씨에는 버틸 재간이 없는지 자기 자리에서 힘없이 책상에 쓰러지듯 엎드려 있었다. 이렇게 기운이 없는 데다가 머리 모양까지 이상한 치토세는 작년 장마철 이후로 오랜만에 본다.

치토세는 평소 머리를 그대로 내리는데, 보아하니 오늘은 습기 때문에 폭발했니 뭐니 하는 이유로 귀 뒤에서 좌우로 묶었다. 그런데도 군데군데 톡톡 튀어나온 머리카락이 고무 밴드의 속박에서 벗어나니까, 세팅할 때 상당히 고생할 것 같다.

"아마네는 평소보다 기운이 있네."

"음……. 나는 오히려 조용한 분위기가 좋아. 뭐, 습기는 싫어하지만."

"좋겠다~. 나는 이렇게, 힘들어. 악 소리치고 뛰고 싶어져."

"바닥이 위험하니까 전력 질주는 날이 개고 나서 해. 넘어지면 다치고, 바닥이 이런 진창 상태라면 아주 끔찍한 일이 벌어질 거야."

"빨아도 안 지워지는 그거잖아……. 얌전히 있긴 할 거지만."

조금 힘이 부족한 목소리인 것은 역시 장마철 탓이리라.

그 치토세가 이토록 흐물흐물한 상태라서 마히루는 어떨지 봤더니, 마히루는 온화한 미소를 띠고 여자애들과 이야기하고 있었다. 평소보다도 조금 힘이 들어간 표정으로.

마히루는 아마네가 바라보는 것도 모르는 눈치로 즐겁게 대화하고 있다.

아마네가 가만히 그 모습을 보고 집에 가면 꼭 붙어 지내자고 생각했는데, "뭐야, 후지미야. 질투해?"라고 아마네의 시선을 먼저 알아챈 마코토가 물었다.

주위를 잘 살핀다고 하니까 아마네가 어딜 보는지 알아차리는 것도 이해할 수 있는데, 상상했던 이유와는 완전히 달라서 쓴웃음이 나온다.

"안녕. 여자를 상대로 질투할 만큼 속이 좁진 않아. 그냥 머리 모양이 달라서 분위기가 다르구나, 하고 구경한 거야."

쳐다본 진짜 이유는 대놓고 말할 수 없어서 다른 이유 하나를 중심으로 대답했더니 "오늘은 묶고 왔으니까."라고 납득한 듯한 대꾸를 들었다.

치토세와 마찬가지로 마히루는 머리를 묶었다. 다만 마히루는 치토세보다 머리가 길고 머리숱도 많아서, 옆으로 넘기듯이 간단한 댕기 모양으로 땋았다.

평소에는 머리 모양을 잘 바꾸지 않아서 같은 반 아이들도 신선한 거겠지. 남자들 사이에서는 "이 찜통더위와 답답함 속에 존재하는 청량제야." "천사님 주변만 공기가 깨끗해."라는 목소리가 들려온다.

"마코찡은 그나마 기운이 있는걸. 여러모로 부러워."

습기 때문에 말을 듣지 않는 머리카락을 자꾸 누르려고 한 치토세는 습기 따위는 아랑곳하지 않겠다는 듯한 마코토의 매끄러운 머릿결을 보고 부러운 듯이 중얼거린다. 참고로 아침에 처음 본 순간 아마네한테도 머리카락 관련으로 늘어지면서 시비를 걸었으니까, 습기와 인연이 없는 사람이 정말 부러운 것 같다.

"기운이 있는 게 아니라, 다른 사람들처럼 우울하지 않을 뿐이야. 그야 비만 오면 생활이 불편하니까 빨리 장마가 끝났으면 좋겠어. 이렇게 비만 계속 오면 별을 볼 수 없으니까."

"천문부니까~. 이러면 별을 보기 이전의 문제겠네."

© Hanekoto

"뭐, 동아리 활동에서 실제로 별을 보는 일은 별로 없지만. 학교에서 보려고 하면 고문 선생님 동행, 옥상 개방, 교내 체류 등등을 신청해야 하거든. 활동은 조사가 더 많으니까 집에서 혼자 알아서 볼 때가 많아. 어느 쪽이든 관찰할 수 없을 분위기지만."

난처한 듯이 "진짜 지긋지긋해." 하고 눈썹을 늘어뜨리는 마코토에게 치토세가 고개를 연신 끄덕여 동의했을 때, 이야기가 끝난 듯한 마히루가 천천히 우아하게 아마네 옆에 섰다.

아마네는 슬쩍 의자를 뒤로 당겨서 마히루에게 앉으라고 신호를 보내고, "장마철은 참 지겹다는 이야기야."라며 요약해서 설명해 주었다.

순순히 치토세 앞에 있는 자리에 앉은 마히루는 장마철이란 말에 희미하게 쓴웃음을 지었다.

"치토세 양은 특히나 좋아하지 않죠. 놀러 가기 어렵고, 밖에서 운동할 수도 없고, 머리도 헝클어지니까요."

"나는 시라카와 양이 장마철에도 기운이 넘칠 줄 알았어. 그런데 생각해 보면 중학교 시절에도 이 시기에는 조용했었지? 특히 2학년 때. 요즘 텐션은 상상도 못 할 정도로."

"아~아~ 중학교 시절 일은 몰라요."

지금처럼 변하기 전 중학교 시절을 너무 파헤치는 것은 싫은 듯, 치토세는 두 손으로 귀를 가리고 고개를 홱 돌렸다. 그러자 마코토는 어깨를 으쓱하고 "뭐, 조금 시끄러워도 지금이 시라카와 양다워서 좋아."라고 위로하는 건지 도발해서 기운을 북돋으려는 건지 모를 소리를 했다.

"저기, 마코찡. 나한테 시비 거는 거야?"

"그럴 생각은 없는데…… 하지만 소란스럽…… 요란한 건 사실이니까."

"중간에 말을 바꾼 의미가 있어?"

뾰로통하게 눈썹을 모으고 불만스럽게 책상을 탁탁 치는 치토세는 마코토와의 대화로 조금은 기력을 회복했는지 안색이 좋아졌으니까, 마코토도 나름대로 기운을 북돋아 주려고 한 거겠지.

토라져서 툴툴거리는 치토세를 보고, 아마네는 마히루와 서로 얼굴을 보고 슬그머니 웃었다.

그날은 결국 학교가 끝나도 비가 그치지 않아서, 하교 때도 하늘의 빛깔이 변함없었다.

그 탓에 조금은 시끌벅적해야 할 통학로도 조용하고, 걸음을 재촉해 귀가하는 학생들이 많았다.

아마네는 어땠냐면, 큼직한 우산 아래로 마히루의 몸을 끌어당긴 이른바 커플 우산 상태로, 마히루에게 맞춰서 느긋하게 걷고 있다.

평소처럼 마히루의 가방이 젖지 않게 들고서, 단둘이 있어서 그런지 기운이 빠진 듯한, 지친 한숨을 쉬는 마히루를 곁눈질로 본다.

"장마철은 습기 때문에 우울해지네요."

시선을 느낀 듯한 마히루가 아마네에게 가방을 빼앗겨 손이 허전한지 평소와는 조금 다른 각도로 몸을 틀어서 머리끝을 만지며 중얼거렸다.

"머리도 정돈하기 어렵고, 엉클어지기 쉬워서 참 난감해요."

"평소보다 세팅하기 힘들 것 같아. 개인적으로는 그 머리 모양도 귀여워서 좋지만, 어쩔 수 없겠지."

아마네로선 다양한 머리 모양을 볼 수 있어서 개인적으로 득을 보는 셈이지만, 여자에게는 머리가 정돈되지 않는 것이 사활 문제겠지. 특히나 몸단장을 남들보다 더 의식하는 마히루라면 더더욱 그럴 것이다.

지금 머리 모양도 평소보다 다소곳하게 보여서 귀엽지만, 마히루 자신은 별로 좋아하지 않는 걸지도 모른다.

마히루는 "귀, 귀여워요?"라고 반문한 뒤, 수줍은 듯이 시선을 이리저리 돌리면서 얼버무리듯이 아마네의 팔을 손끝으로 찰싹찰싹 때렸다.

"그건 그렇고, 여름철엔 머리를 관리하기 어려워요. 한여름에는 햇빛 문제로 머리카락이 상하기 쉬워서 관리가 필수고요. 겨울에는 건조해서, 여름에는 습기나 자외선에 상하고…… 계절이나 날씨에 따라 관리하는 방법도 다르니까, 고생이 이만저만 아니에요."

"여자는 참 고생이 많구나."

"그래서 아마네 군의 머릿결이 부러워요."

갑자기 불똥이 튀어서 눈을 껌뻑이자 마히루는 아주 조금 샘이 난다는 듯이 아마네의 머리를 쳐다봤다. 참고로 오늘은 왁스를 바르는 게 귀찮아서 휴일처럼 빗질만 한 머리다.

"습기가 뭐냐는 느낌으로 부드러우니까요. 딱히 공들여서 관리하는 건 아니죠?"

"끽해야 미용실 샴푸를 쓰는 정도야."

"머릿결의 바탕이 좋으니까요. 잘 관리하면 더 비단결 같은 머리카락이 될 거예요."

"그 정도는 원하지 않는데…… 뭐, 여유가 생기면 노력해 봐야지."

마히루가 만져서 좋아한다면 노력하는 보람이 있겠지. 지금 머리도 만지는 정도로는 문제가 별로 없고 촉감도 그럭저럭 좋지만, '마히루가 기뻐한다면.' 같은 마음이 든다.

은은하게 미소를 짓는 마히루의 안색을 살펴보지만, 비가 와서 그런지 평소보다 얼굴에 기운이 없다.

하얀 뺨을 보면서, 아마네는 조용히 숨을 내쉰다.

"그런 것보다도 나는 이 날씨 때문에 조깅을 못 하는 게 괴로워. 습관이 생겼는데 나태한 생활로 돌아갈 것 같아."

아무리 그래도 비가 내릴 때 장기간 뛰는 것은 바람직하지 않다. 애초에 어느 정도 몸을 데우고 뛰는데 식히면 본전도 못 찾겠지.

그러므로 지금 시기는 조깅을 쉬고 대신에 하체 트레이닝의 비중을 늘린 참이다.

"말은 그렇게 하면서도 평소보다 근육 단련을 더 많이 하죠?"

"그야 기껏 노력이 눈에 보이기 시작했는데, 원래대로 돌아가면 싫잖아."

"성실하고 착한 아이네요. 참 잘했어요."

흐뭇해하는 느낌으로 눈매를 부드럽게 풀고 아마네의 등을 토닥이는 마히루 때문에 쑥스러우면서도, 아마네도 우산과 가방을 들지 않은 손으로 슬며시 마히루와 똑같이 대응하면서 하늘을 쳐다봤다.

여전히 하늘이 칙칙하지만, 왠지 편안한 느낌이 든다. 확 쏟아지는 비가 아니라 푸근하게 감싸는 느낌의 비라서 그런 걸지도 모른다.

가장 큰 요인은 옆에 있는 사람의 존재이지만.

"뭐, 싫은 면도 있지만. 이렇게 비가 내리는 가운데 마히루와 걷는 것도 나쁘지 않은데? 비가 오는 날에는 나름대로 좋은 점도 있어. 하늘의 색깔이라든지, 공기라든지, 독특해서 좋아해. 이런 날에는 조용히 산책하는 것도 운치가 있어."

특히나 몸단장에 신경을 쓰는 여자는 진저리를 내지만, 아마네는 장마철처럼 조용하고 포근하게 감싸는 시기를 좋아했다.

무겁고 차분한 빛깔을 내는 구름 낀 하늘도, 귀를 간질이는 듯부드러운 빗소리도, 은은하게 퍼지는 비 내음도, 칙칙한 경치를 채색하듯이 생기를 뽐내는 자양화도.

단순히 어둡고 갑갑한 풍경만 있는 것이 아니다. 아마네는 장마철에서 느끼는 것 중에서 이런 공기와 경치가 편안하다.

게다가 옆에는 마히루가 있다.

손을 살짝 잡기만 해도 눈에 들어오는 것의 색채가 더 진하게보인다. 보는 사람의 마음이 바뀌면, 옆에 사람이 있으면, 푸근하고 마음에 남는 경치가 된다. 둘이서 나란히 걷기만 해도 충분히 아름다운 광경이다.

"비는 마히루와 알게 된 계기이기도 하니까, 나는 좋아해. 지금 이렇게 빗속을 걷는 시간도, 매우 소중하다고 생각해."

사귀게 된 뒤로 처음 맞이하는 계절이란 이유도 있지만, 역시 둘이서 나란히 걷는 것에 의미가 있다는 생각이 들어서, 똑같은 시간은 평생 하나뿐이고, 사랑스럽다고 느끼는 것이다.

"그리고."

"그리고?"

"비 오는 날에는 슈퍼에 싼 물건이 많이 남아 있으니까. 할인 때도 사람이 적어서 고르기 편한걸?"

마지막에 아마네가 장난치듯 웃으면서 좋아하는 이유를 대자 마히루는 어안이 벙벙한 눈치인데, 서서히 표정을 풀고 부드럽게 미소를 짓는다.

"후후. 오랜 자취 생활로 얻은 지식일까요. 저도 잘 알아요."

"뭐가 어때서. 있는 것은 활용하는 성격이거든."

"나쁘다고 한 적은 없어요. 후후후."

한동안 재밌다는 듯이 웃은 마히루는 천천히 호흡을 가다듬고 차분한 눈으로 아마네를 쳐다봤다.

"아마네 군은 인생을 평화롭고 생생하게 살고 있군요. 보는 경치에서 전부 색채와 즐거움을 찾아내는 사람이에요."

"갑자기 뭔 소리야."

"별건 아니고, 문득 그런 생각이 들어서 그래요. 여러 가지를 보고 다양한 각도에서 즐거움을 찾아내는 것이 참 근사하다고 말이죠."

"보는 게 이토록 생생하게 느껴지는 것은 옆에 마히루가 있어서 그런 것 같지만 말이야. 게다가 내가 몰랐던 색채를 마히루가 가르쳐 주니까, 앞으로도 잘 지도해 주시죠."

조금 부러운 듯이, 그리고 조금 쓸쓸한 기색으로 중얼거린 마히루에게, 아마네가 이것은 마히루가 있어 준 덕분이라며 눈을 똑바로 보고 전하자 캐러멜 빛깔의 눈이 한순간 일렁이면서 촉촉하게 젖는다.

하지만 그건 괴로움을 드러낸 것이 아니라서, 서서히 기쁨을 표면에 드러내고 있었다.

"저도, 아마네 군에게, 여러 가지 색채를 배우고 있어요. 앞으로도 잘 부탁드려요."

"그럼 다행이고."

본인은 아는지 모르는지, 더 나중까지 옆자리를 예약해 주었다. 그러니 아마네도 이대로 쭉 옆자리를 독점했으면 좋겠다.

무슨 일이 생겨도 자리를 양보할 생각은 없지만. 아마네는 손을 잡은 채로 미소를 짓고, 이어서 오늘 제일 힘이 빠진 표정을 짓고 있는 마히루의 얼굴을 살폈다.

"자, 그러면 집에 가자마자 비 오는 날에 느낄 수 있는 즐거움을 가르쳐 줄게."

"그게 뭐죠?"

"오늘은 슈퍼에서 반찬을 사서 드라마를 보거나, 집에 있는

DVD를 보거나, 음악을 듣거나 하면서 느긋하게 지낼까. 이런
날은 너무 무리하지 말고 편하게 지내는 게 제일이야. 오늘은
기분만이 아니라 몸 상태도 좋지 않았지?"

　캐러멜 빛깔의 눈을 가만히 바라보자 그것이 정답이었는지 마
히루가 어깨를 떨고 시선을 이리저리 돌리기 시작했다.

　사실은 등교 동안에도 수상하게 여겼지만, 교실에 들어서고
확신했다. 마히루의 몸 상태가 별로 좋지 않다고 말이다.

　항상 보는 미소도 다소 빛이 바랬다. 그리고 장마철이라서 전
체적으로 어두운 분위기에 가렸지만, 평소보다 혈색이 좋지 않
다. 더군다나 몸짓도 조금 느릿느릿해서, 마히루가 별로 움직
이고 싶지 않아 한다는 느낌이 들었다.

　기압 때문인지 여자 특유의 문제인지는 민감한 사생활 문제
니까 묻지 않겠지만, 아무튼 겉으로는 태연한 척해도 나른한 상
태임을 잘 안다. 그래서 오늘 하루는 마히루가 무리하게 않게끔
할 작정이었다.

　아마네가 걱정하는 눈치로 보자 마히루는 체념한 듯 걸으면서
아마네의 팔에 머리를 기댔다.

　"그런 점이 아마네 군의 장점이면서 단점이에요. 뭘 숨길 수
없어요."

　"마히루는 잘 숨기지 못하는 성격이니까, 몸 상태가 나쁘면
행동이나 몸짓이 달라져."

　"예를 들면요?"

　"그걸 말하면 숨기려고 들 테니까 말하지 않을 거야."

아마네는 웃는 모습과 걷는 자세, 손짓의 특징만 봐도 마히루가 정상이 아님을 알 수 있지만, 그것을 본인에게 알려줬다간 의식해서 특징을 없애려고 할 테니까 당연히 말할 리가 없다.

마히루는 못마땅한 듯 뚱한 표정을 짓지만, 아마네도 양보할 생각은 없으므로 "안 돼."라고 요구를 뿌리친 다음 손에 쥔 마히루의 손을 가볍게 주물렀다. 평소보다 차가운 느낌이 드는 것은 장마철 탓만이 아니리라.

"조금만 더 의지해 줘도 되거든? 자, 저기 슈퍼에 들르자. 반찬과…… 뭐, 내가 만들어 줬으면 하는 게 있으면 만들 텐데."

"주먹밥……."

저항하지 않고 순순히 요구하는 시점에서 꽤 힘들었나 보다. 그렇게 생각하니 더 눈치가 좋았으면 하고 아마네는 조금 후회하고 말았다.

쓰러질 것 같지는 않았고, 마히루 본인도 학교에서 약점을 드러내고 싶지 않은 눈치라서 눈에 띄지 않게 신경을 써 봤는데, 그래도 곁에 있는 것이 나았겠지.

흐늘거리듯 아마네에게 몸을 기대는 마히루의 손을 도로 잡고서, 의젓한 척하는 것을 포기하고 표정을 지은 마히루에게 웃어 보인다.

"나도 조금은 복잡한 걸 만들 수 있거든? 사양하지 말고 원하는 걸 말해도 돼."

"아마네 군이 만들어 준 주먹밥이 좋아요."

어쩌면 아마네가 요리를 잘하지 못하니까 사양한 것처럼 보였는데, 아무래도 마히루는 정말로 아마네가 만든 주먹밥이면 되는지 "안 돼요?"라고 힘없는 눈으로 쳐다봤다.

"아니야. 마히루가 주먹밥이 좋다면 주먹밥을 만들게."

최고의 주먹밥을 만들겠다고 장난치듯 웃자 마히루도 기쁜 듯 "기대해도 되죠?"라고 마음이 편해진 느낌으로 미소를 지어서, 아마네는 부드러운 표정으로 마히루를 데리고 슈퍼마켓으로 갔다.

제6화

사귀면서 달라진 점

"그러고 보니 후지미야는 체육대회 뒤로 시이나 양과 사귀기 시작했는데, 뭔가 달라진 건 없어?"

계속되는 장맛비에 운동장을 쓰지 못해 여자는 체육, 남자는 보건 수업을 교실에서 하게 되었는데, 교사가 교실을 나선 타이밍에 앞자리에 있던 같은 반 남자가 아마네에게 물어봤다.

아마도 방금 수업에서 체육대회 이후로 분위기가 느슨해진 것 같다며 정신 바짝 차리라는 충고를 교사에게 들었기 때문이리라. 아마네는 평소처럼 수업을 받았고, 오히려 예전부터 더 성실하게 임했을 정도니까 자신을 가리키고 한 말이 아니라고 생각하지만, 체육대회라는 단어가 나와서 다른 남자들이 무심코 아마네를 떠올린 것이리라.

다른 남자들도 궁금한지 이쪽을 쳐다봐서, 아마네는 복잡한 심경이었다.

"학교에서 주변에 사람들이 몰리게 되었는걸."

"미안하대도. 그것 말고는? 어디까지 진도가 나갔어?"

"딱히 없는데. 굳이 말하자면 같이 하교하게 된 정도야."

사귄 지 2주쯤 됐지만, 명확하게 달라진 것은 별로 없다. 애초에 사귀기 전에도 결과적으로 스킨십을 했고, 마히루가 집에 찾아오는 것도 평소와 다를 바가 없다.

군이 말하자면 의식해서 스킨십을 하게 된 정도이고, 생활 면에선 달라진 게 없겠지.

"거짓말하긴."

"왜 거짓말할 필요가 있는데."

"아니, 하지만 그게 말이지."

"그렇지."

"그렇게나 시이나 양이 홀딱 반했으니까. 뭐랄까, 더 꽁냥댈 줄 알았지."

"꽁냥은 무슨…… 딱히 그렇지는 않은데."

"아마네. 네 기준은 좀 이상하니까 신뢰할 수 없어. 평범하게 생각하면 닭살 돋는다고, 너희는."

옆에서 이야기를 듣던 이츠키가 어이없다는 투로 딴지를 거는 바람에 아마네는 무심코 눈을 흘기고 봤는데, 이츠키는 태연하게 웃고 있다.

"그렇게 말해도 말이지. 억지로 연인처럼 지내려는 생각은 없고, 평소랑 똑같아."

"즉, 평소 닭살 돋게 산다는 거구나."

"야."

"야마자키의 말이 맞는 거 같은데? 너희는 밖이라고 사람들 눈을 신경 쓰는 것 같으면서도 의외로 겉에 확 드러나서 죽을 것 같다고. 내가 말리는데도 꽁냥대고 말이야. 뭐, 밖이라서 그만큼 자제하는 거겠지만. 집에서는 더 심하게 꽁냥댈 테고."

결과적으로 참 오붓한 관계를 선전하고 있다는 뜻인데, 아마네 자신은 의도한 바가 아니라고 주장하고 싶지만, 말해도 통하지 않겠지.

입을 꾹 다만 아마네를 보고 주위 남자들이 "집에서……?"라고 술렁이기 시작하는 바람에 이츠키가 괜한 정보를 덧붙였음을 뒤늦게 깨달았다.

"시이나 양은 대체로 아마네 집에 있고, 당연히 둘이서만 있으면 남들 눈도 신경 쓰지 않고 꽁냥대겠지. 이제는 연인이 아니라 부부야."

"이츠키."

"숨겨도 조만간 의심받을 테니까 먼저 말해 둬. 애초에 같은 맨션으로 귀가하는 걸 목격한 녀석이 있다고. 네가 이상한 오해를 받기 전에 정확한 정보로 정정해 놔."

이상한 소문이 나면 시이나 양이 곤란할 거라고, 그런 눈빛으로 보는 바람에 아마네는 입술을 꾹 다물었다.

사귀고 얼마 되지도 않았는데 벌써 집에서 재우는 사이라고 남들이 생각하는 것은 좋지 않겠지. 마히루가 경박하게 보이는 것은 아마네로서도 달갑지 않다.

실제로 자고 간 적이 있다고 할까, 침대를 빌려준 적은 있지만. 그렇다고 한 침대에서 잔 것은 아니다. 마히루가 무의식중에 조른 적은 있지만, 실행에 옮기지 않았으니 괜찮겠지.

"그러고 보니 시이나 양하고 사는 데가 가깝댔지……. 같은

데면, 엄청 가까워?"

"뭐…… 사는 맨션이 같으니까. 우리 집에 있을 때가 많아."

"즉, 후지미야네 집에 가면 시이나 양의 집도……."

"안 부를 거고, 공동 현관에서 막힐걸. 수상쩍은 행동을 했다 간 경비원이 와서 쫓겨날 게 뻔해."

아마네와 마히루가 사는 맨션은 관리인이 상주하는 고급 맨션만큼은 아니어도 그럭저럭 보안이 철저하다. 안뜰이 있고 경비원도 상주하는, 조금 유복한 사람들을 대상으로 하는 맨션이므로 수상한 움직임을 보였다간 경비원에게 끌려가겠지.

"뭐, 그건 농담이지만. 즉, 시이나 양은 후지미야네 집에 자주 드나들어?"

"드, 드나들긴……. 뭐, 꽤 오래 같이 지내긴 하는데."

그보다는 목욕과 취침 때 말고는 아마네의 집에서 지내니까 거의 사는 수준이지만, 그것을 말했다간 괜히 주위에서 난리를 피울 것 같으니까 입을 다물었다.

다만 이 정보만으로도 남자들이 눈에 불을 켜고 달려들었다. 의자가 차례차례 소리를 내니까 충격이 꽤 컸나 보다.

"저기, 좀! 그건 불건전하잖아!"

"무슨 야겜 속 소꿉친구의 상투수단 같은 전개가 다 있냐! 좋지 않습니다!"

"그렇지만 놀랍게도, 두 사람은 건전 오브 건전 관계인 것 같단 말이지. 오히려 손대라고 말하고 싶어질 정도로 건전하니까 내가 더 죽겠어."

"손대긴, 무슨…… 그런 건, 막 사귀기 시작한 참인데, 할 리가 없잖아."

사귄 지 2주밖에 안 됐으면서 그런 행위에 나서는 것은 아무리 그래도 너무 성급하다. 오히려 만약에 마히루가 너무 좋아져서 아마네가 요구한다고 쳐도, 마히루는 몸이 목적이었냐고 불안을 느끼겠지.

아마네로선 너무 성급하게 굴 작정도 없고, 부담은 마히루가 더 크니까 아마네 혼자의 뜻만으로 밀어붙일 생각은 하나도 없다. 애초에 키스도 아직 경험하지 못했는데 그런 행위가 가능할 리 없었다.

"시간을 들여서 진도를 뺀 다음 합의를 마치고 한다면 또 모를까, 내 욕구를 강요하는 짓은 할 수 없어."

이런 화제가 나오면 부끄러운 나머지 말끝을 흐리면서 고백하는 아마네를 보고, 이츠키는 주위를 돌아보면서 노골적으로 어깨를 으쓱해 보였다.

"봤지? 이런 구석이 시이나 양이 아마네를 좋아하는 요소 중하나라고. 엄청나게 신사적이야. 이젠 쫄보라고 말해도 좋을 만큼 신중하고 배려심이 넘치는 녀석이라고."

"후지미야, 아랫도리는 무사해? 안 죽었지? 진짜 남자야?"

"나를 놀리는 거냐."

어딜 봐서 아마네가 남자로 안 보이는지 싶어서 눈썹을 찡그렸지만, 주위에서 "왜 천사님처럼 귀여운 애 곁에 있으면서 덮치지 못하는데."라거나 "이 쫄보." 같은 소리가 들려와 입가를 실룩거렸다.

"괜한 참견이니까 입 다물어. 우리는 우리끼리 알아서 교제할 테니까 남들의 참견은 필요 없어."

"뭐, 시이나 양은 치이한테 조언을 받고 있다고 하지만."

"치토세한테 조언을 삼가라고 말해. 마히루가 불필요한 지식을 배워도 곤란해."

마히루에게는 건전한 판단력이 있어도 남녀 교제에 관해서는 초심자이므로, 이상한 지식을 주입당하지 않을까 걱정됐다.

"이건 순진무구한 시이나 양에게 가르칠 사람은 나밖에 없다는 주장이군."

"너는 좀 작작 해라."

아마네는 왜 그렇게 받아들이냐고 비난하는 눈으로 보지만, 이츠키는 시치미를 뚝 뗐다.

"진정해. 게다가 치이를 말려도, 다른 여자애도 이런저런 소리를 하는 것 같으니까. 사랑에 빠진 시이나 양이 귀여워서 조언한다고 하던데."

"이상한 지식을 배우면 어쩌려고 그래."

"사랑에 빠진 시이나 양의 갸륵한 노력 아니겠어."

"그건 부정하지 않겠지만, 심장을 폭행당하는 내 처지도 생각해 봐."

"여친이 너를 위해서 애쓰는 건 좋잖아?"

그런 소리를 들으면 부정할 수도 없어져서, 눈썹을 모으기만 하고 불만을 토하는 것은 피했다. 이츠키는 아마네가 그렇게 반응할 것을 예상했는지 히죽 웃었다.

"뭐, 아마네 너를 좋아하는 마음이 강해서 그러는 거니까 거부할 수 없겠지."

"네 여친이 이상하게 알려주는 탓이야."

"너무 과격한 것을 알려주진 않았을 것 같은데. 아무리 치이라도 잘 조절하겠지."

"과연 그럴까……."

"요전번에 시라카와가 시이나 양한테 '이러면 아마네가 좋아할 거야.' 라면서 몸을 밀착하는 방법을 가르쳐 주는 걸 봤는데?"

"이츠키, 감독자인 네가 책임져."

"내 탓이야?!"

아마네는 '역시 이상한 걸 알려줬잖아.' 라며 비난하는 눈으로 이츠키를 봐 줬다. 아마네로선 치토세가 마히루에게 좋든 나쁘든 남녀 교제에 관해서 여러 종류의 지식을 전파하는 것은 예상할 수 있었다. 치토세를 제어할 사람은 이츠키밖에 없으니까, 당연히 이츠키가 말려야겠지.

"거참."하고 한숨을 쉰 아마네를 보고, 주위 남자들은 뭐라고 말도 하지 못하는 분위기에 빠지면서도 슬그머니 아마네에게 시선을 주었다.

"결국, 이건 여친 자랑으로 생각하면 될까?"

모두가 하고 싶은 말을 종합한 듯이 한 사람이 물어봐서, 아마네는 "그런 거 아니야……."라고 대꾸했지만, 믿어 주는 남자는 한 명도 없었다.

"그러고 보니 오늘 체육 시간에 왠지 떠들썩했는데, 뭔가 재밌는 일이 있었나요?"

학교 수업을 마치고 귀가했더니 그런 소리를 갑자기 들어서, 방심하고 있었던 아마네는 손에 든 스마트폰을 다리에 떨어뜨렸다.

수첩형 커버 때문에 무게가 제법 나가는 바람에 허벅지에서 적잖은 통증을 느끼면서 마히루에게 시선을 돌리는데, 아마네의 옆에 앉은 마히루는 어디까지나 아리송한 눈치로 눈이 마주쳤다.

보아하니 뭘 이야기했는지는 모르는 것 같다. 수업이 끝나고도 이야기해서 교실로 돌아왔을 때 목소리가 들렸던 거겠지.

"아니, 그게 뭐. 신경 쓰지 말아 주세요."

설마 진도가 얼마나 나갔냐는 질문을 받았다고는 말할 수 없어서 시선을 떼자 마히루는 "네……?"하고 곤혹스러운 소리를 냈다.

"아마네 군이 그렇게 말할 때는 신경을 써야 할 경우가 많은데요."

"남자끼리 할 이야기가 많았다는 거야."

"그, 그래요……? 말하고 싶지 않거나, 말할 수 없는 이야기를 한 거군요."

"말할 수 없다고 할까, 말하기 어렵다고 할까."

이것도 오해를 부를 것 같지만, 자세히 설명하기도 부끄러우니까 모호한 표현을 썼는데. 마히루는 그런 아마네를 묵묵히 지켜보고 있었다.

어이가 없을까, 아니면 불만이 있을까……. 그렇게 생각하니 속이 조금 시큰거렸지만, 마히루는 그런 아마네를 향해 난감한 것처럼 미소를 지었다.

"아, 말하기 어려우면 굳이 말하지 않아도 괜찮아요. 시시콜콜 캐묻는 건 바람직하지 못하고, 아마네 군도 사생활이 있으니까요. 남자는 남자끼리 할 이야기가 있을 테니까, 여자는 듣지 않는 것이 좋을 화제로 이야기할 때도 있겠죠."

"그렇게 잘 알아주면 마음이 복잡한데…… 아니, 마히루가 생각하는 정도의 이야기는 아니긴 하지만. 안 물어봐도 돼?"

"아마네 군도 여자들끼리 어떤 수다를 떠는지 물어보려고 하지 않잖아요?"

"그야 당연하지. 자칫 잘못하면 반감을 살 테고, 말하기 싫은 것은 물어보지 않아. 마히루가 내 여자친구여도, 마히루의 생활과 생각을 제한해도 되는 건 아니니까."

여자는 여자끼리 이런저런 이야기를 한다는 것쯤은 아마네도 잘 알았다. 아마네는 마히루가 뭘 이야기하는지 궁금하긴 하지만, 그 부분이 무서워서 물어볼 생각이 들지 않았다. 하지만 역시 시시콜콜 캐묻고 싶은 사람도 있기는 있겠지.

마히루에게도 본인만의 인생이 있으니까, 설령 사귀는 사이라도 아마네 자신은 마히루의 사생활을 존중할 것이다.

그 점은 분별할 줄 안다고 이번에는 마히루를 똑바로 봤는데, 그러자 마히루가 즐겁다는 듯이 살포시 웃음꽃을 피웠다.

"그것과 똑같아요. 좋아하니까 뭐든지 알아야 한다는 생각이 올바르다고 생각하지 않으니까요. 모르는 게 있어도, 아마네 군을 좋아하는 사실은 변하지 않으니까요."

"그런 점도 마히루의 매력이란 말이지……."

"그 말을 고스란히 돌려줄게요."

우아하게 소리를 내 웃고 아마네의 팔에 몸을 기대는 마히루. 아마네를 향한 신뢰를 느끼니 왠지 낯간지럽다. 아마네는 천천히 손가락으로 마히루의 손등을 어루만지면서 "정말로 안 물어볼 거야?"라고 속삭였다.

너무 적극적으로 알려줄 수는 없지만, 꼭 숨겨야 하는 것도 아니다. 불안을 느낀다면 알려줄 생각도 있지만, 마히루는 여전히 체중을 맡기듯 기대면서 미소를 지었다.

"아마네 군이 정 말하고 싶다면 묻겠는데요, 그렇지 않다면 물어보지 않아요."

마음대로 하라고 선택을 맡기는 마히루에게, 아마네는 어쩔까 10초를 꽉 채워 고민한 다음에 천천히 입을 열었다.

"뭐…… 그 뭐냐. 마히루와 사귀고 달라진 게 없는지, 진도가 얼마나 나갔는지, 그렇게 시시한 질문을 받았을 뿐이야."

분명 그보다 더 민망한 의심도 했을 테지만, 말로 하지는 않았으니까 아마네도 일일이 반응하지 않았다. 다만 아마네가 어떻게 달라졌는지 하는 부분에도 관심을 받았으니까, 마히루에게는 이 부분을 중점으로 전하기로 했다.

아마네가 머뭇거리며 말하는 것을 듣고 마히루도 납득한 듯 "다들 궁금한가 보네요."라고 쓴웃음을 지었다.

"사귀고 달라진 것을 말하라고 해도…… 그게, 의식이 바뀌면서 의도적으로 접촉하게 된 정도밖에 모르겠는데요."

"원래 거리가 가까웠으니까. 우리의 변화보다, 주변 환경의 변화가 더 클지도 모르지."

자신들도 뒤늦게 반성했지만, 사귀기 전부터 적절한 선을 지키면서 스킨십을 하고 있었다. 에스코트를 위해서 손을 잡거나, 위로한다는 명목으로 포옹하거나, 마히루가 아마네에게 앙갚음하듯 뺨에 키스하는 등, 잘 생각해 보면 사귀지 않는 사이라면 이상하게 보일 행동까지 했다.

지금에 와서는 매우 부끄럽고, 왜 그럴 때 호의에 응하지 않았는지 싶지만. 신중함, 아니 소심함과 의심 때문에 그만큼 결의하지 못했다.

아마네가 생각해도 참 한심했으니까 앞으로는 마히루를 잘 이끌고 싶고, 당당해질 수 있게끔 노력할 작정이다.

"그건 그러네요. 아마네 군도 몸단장에 신경을 쓰기 시작해서 사람들이 보는 눈이 달라졌으니까요. 여자들도 말을 걸기 편해졌고요."

"아니, 여자애들은 응원하는 말만 하던데……."

"하지만 아마네 군이 멋지다는 소리도 듣는걸요? 그리고 웃는 얼굴이 귀엽다는 말도요."

"그건 아마 마히루를 볼 때 그러는 거니까…… 나는 당신밖에 안 봅니다."

왠지 은근슬쩍 질투하는 것 같아서 달래듯이 조용히 속삭이자 마히루가 희미하게 뺨을 물들이면서도 만족한 듯이 이마를 바짝 들이댔다.

그런 점이 순진하고 귀여운데 말이지. 아마네는 그런 생각이 들지만, 말했다간 '너무 아이처럼 보는 거 아닌가요?' 소리를 들을 것 같으니까 마음속에만 담고서 슬쩍 웃었다.

기분이 좋아 보이는 마히루를 흐뭇하게 바라보면서, 아마네는 반 남자들에게 에워싸였을 때를 떠올렸다. 그러고 보니 그냥 흘러넘길 수 없는 이야기가 있었다.

"그나저나 그냥 넘어갈 수 없는 정보를 얻었는데 말이야."

"네?"

"마히루, 치토세랑 다른 여자애들한테 조언을 받는다고 들었는데. 이상한 이야기는 안 하지?"

'교제 상황을 자세히 이야기하진 않았겠지?' 라고 확인을 구하듯 봤는데, 마히루는 어색한 느낌으로 아마네를 쳐다보다가 갑자기 시선을 휙 돌렸다.

"그런 이야기는…… 아주 조금만요."

"한 거잖아. 안 된다고 말하진 않겠지만, 그 뭐냐, 우리 사이를 적나라하게 드러내는 상담은 피해 줘. 이것저것 다 퍼뜨리면 부끄러우니까."

"조, 조심할게요."

상담 자체는 문제가 없지만, 두 사람의 사정이 주위에 널리 퍼지는 것은 막아야 한다. 마히루는 그런 부분을 잘 조절할 수 있겠지만, 순진한 구석도 있으니까 일단은 당부하는 게 좋겠지.

　마히루도 친구가 상대라곤 해도 너무 많이 이야기했다고 생각했는지 몸을 움츠리고 있다.

　아마네도 이츠키나 유타와 상의하지 않은 것은 아니지만, 상의할 내용은 잘 고르고, 너무 깊이 파고드는 이야기는 하지 않는다. 그래서 아마네는 마히루에게 뭔가 큰 불만이나 불안이 있는 게 아닐지 의심하고 말았다.

　"그렇게 나랑 사귀는 게 불안해……?"

　"부, 불안한 게 아니고요……. 그게, 뭘 하면 아마네 군이 기뻐해 줄지, 상담한 건데요."

　"곁에 있어 주기만 해도 충분히 기쁜데……."

　"그래요……. 아마네 군은 제가 함께 있기만 하면 된다고 말할 사람이니까요. 욕심도 별로 없고, 다른 사람에게 뭔가 요구하지도 않죠."

　"그 말은 마히루 너한테도 똑같이 할 수 있다고 보는데."

　마히루에게도 전부 똑같이 말할 수 있지만, 마히루는 눈을 껌벅여 캐러멜색 눈동자를 눈꺼풀로 몇 차례 감췄다 드러냈다 한 뒤에 그윽한 미소를 지었다.

　"저는 제법 욕심이 많은걸요……? 아마네 군을 독점하고 싶고, 응석을 부리고 싶고, 응석을 받아주고 싶으니까요."

　"그 말을 고스란히 돌려주겠어."

"아마네 군도 그러고 싶어요?"

"조, 좋아하니까 응석을 부리고 싶고, 응석을 받아주고 싶어. 독점하는 건, 집 한정으로 참아 보겠지만."

마히루는 그렇게 느끼지 않을지도 모르지만, 아마네는 자신이 독점욕이 강하다고 생각한다.

상식과 이성이 마히루에게도 마히루만의 감정과 생활이 있으니까 자유롭게 두어야 한다고 타이르고, 아마네 자신도 마히루를 존중하고 싶지만…… 그것과는 별개로, 역시 자신의 여친이니까 주위에 너무 보여주고 싶지 않다는 생각도 든다.

마히루가 인기인인 것은 잘 알고, 그것 자체는 허용할 수 있다. 하지만 귀여운 마히루는 아마네의 여친이라고, 품에 안아서 놓치지 않고 싶어진다. 아마네에게만 귀여운 얼굴을 보여주면 되고, 아마네의 응석만 받아주면 된다.

그렇게 생각할 만큼 아마네는 마히루에게 홀딱 반했으니까, 마히루가 아마네만을 바라봐 주면 좋겠다고 생각했다.

스스로 생각해도 참 집착이 심하다……고 자조하지만, 마히루는 왠지 기쁜 듯, 낯간지러운 기색으로 얼굴을 폈다.

"아마네 군이 사귀고 나서 달라진 점을, 저는 하나 찾았어요."

"뭔데?"

"아마네 군은 감정과 애정을 솔직하게 표현하게 되었어요."

생긋 웃으면서 아마네를 쳐다보는 마히루는 집착이 심하다고 자각하는 아마네를 꺼리는 느낌도 없이, 오히려 자발적으로 받아들이는 것처럼 몸을 기댔다.

그 말대로, 사귀기 전과 비교하면 솔직해진 것 같다고 아마네는 생각했다.

오래 마음을 주고 간신히 맺어진 상대다. 소중히 여기고 싶으니까, 아마네의 언동으로 오해를 불러일으켜서 마음고생을 시키고 싶지 않다. 말은 자연스럽게 다정해지고, 마히루가 불안하지 않게끔 호감을 잘 전달하려고 했다.

"그야 말이든 태도든 하나만 가지고는 안 되잖아. 좋아한다고 잘 전하지 않으면 관계가 나빠진다고 들었으니까."

"그런 점이에요, 아마네 군."

"이게 불만이라는 말이야?"

"아뇨. 물론 좋은 점이지만, 그게…… 가끔 심장에 안 좋다고 할까요."

치사하다며 뺨을 조금 부풀린 마히루가 한없이 사랑스러워서 머리를 쓰다듬었다.

"평소 내 심장을 위협하는 마히루가 할 소리는 아닌걸."

"제가 뭘 어쨌다는 거죠?"

"뭐든 귀엽고 무방비해서 죽겠어."

"역시 심장에 나쁜 사람이에요."

그렇게 말하고 아마네의 가슴팍을 툭툭 때리는 마히루에게, 차마 똑같이 할 수 없는 아마네는 볼을 간지럽히듯 손가락으로 콕콕 찔러서 앙갚음했다.

제7화 야한 것은 좋지 않아요

"아마네 군. 오늘은 다른 데 들를 일이 있어서 그러는데, 따로 귀가해도 될까요?"

7월에 들어선 어느 날, 방과 후에 항상 같이 귀가하려고 했더니 마히루가 그런 말을 했다.

평소 마히루가 앞장서서 함께 귀가하려고 하니까 그 요청은 뜻밖이었다. 그래서 아마네는 무심코 마히루의 얼굴을 응시했다.

기본적으로 귀가할 때 다른 데를 들러도 아마네가 같이 가니까, 그것을 은근슬쩍 거부한 것을 보면 아마네에게 알리고 싶지 않은 뭔가가 있는 거겠지.

하지만 마히루의 표정을 봐서는 딱히 켕기는 일이 아님을 알 수 있어서, 걱정할 것은 없다.

여름은 해가 늦게 지니까 밖에서 장시간 머물지만 않으면 문제가 없겠지. 솔직히 말하자면 함께 귀가하고 싶었지만.

"응. 알았어. 나중에 또 봐."

어차피 집에서 같이 시간을 보낼 것을 아니까, 아마네는 마히루의 의사를 존중했다.

아마네가 요청을 받아들인 것을 본 마히루는 조금 안도한 눈치였는데, 문득 뭔가 깨달은 것처럼 눈을 살짝 크게 뜨더니 이어서 조금 경계하는 눈빛을 보였다.

"다른 여자랑 같이 가지는 마세요."

"내가 그럴 것 같아?"

"그러지 않을 것 같지만요. 여자 쪽에서 요청할 가능성도 있으니까요. 저기, 안 된다고는 말하지 않겠지만, 싫어요. 요전번에도 그런 일이 있었고요……."

신음을 흘리지 않은 것은 기적이었다.

(혹시…… 질투하는 걸까?)

평소 마히루를 대하는 태도만 봐도 여자 쪽에서 먼저 아마네에게 그런 것을 요구할 일은 없을 것 같지만, 마히루는 걱정이되나 보다.

참고로 마히루가 말한 그런 일이란, 두 사람의 사이를 응원하는 여자애가 '잘해 봐.' 라고 말한 것을 가리키는 거니까, 걱정할 필요는 없다.

조금 말하기 거북한 느낌으로 애원하듯 불안한 표정으로 쳐다보는 것이 귀여워서 머리를 쓰다듬고 싶어졌지만, 주위에서 보는 눈이 있으니까 자제했다.

예전에 실수로 그랬다가 주위 사람들이 마히루의 미소를 보고경직했는데, 아무리 그래도 똑같은 전철을 밟지는 않을 것이다.

"걱정하지 마. 나는 마히루만 보니까, 그런 소리를 들어도 넘어가지 않아. 있다고 쳐도 치토세에게 끌려가는 정도야."

"그렇다면 괜찮지만요⋯⋯."

치토세는 허용 범위인가 보다. 애초에 이츠키가 있으니까 만에 하나라도 아마네에게 관심을 줄 리가 없고, 아마네도 치토세에게 관심을 줄 일이 없으니까 안심한 거겠지.

아마네의 말을 듣고 조금 안심한 듯이 긴장을 푼 마히루는 다음으로 조금 쑥스러운 기색으로 아마네를 쳐다봤다.

"그리고, 저기, 만에 하나라도 오해를 사고 싶진 않으니까 먼저 행선지를 말해 둘게요."

"비밀로 하지 않아도 돼?"

"네, 그래요."

그런 것치고는 말을 흐리는 것 같은데, 마히루가 계속 말하려는 것 같으니까 얌전히 기다렸다.

"그, 그게 있죠⋯⋯. 사야 할 게 있어서요."

"그래? 그렇다면 부끄러워할 일도 아니잖아."

"치토세 양하고⋯⋯ 그, 그게, 수영복을 사러 갈, 거라서요."

"수영복⋯⋯?"

그 말대로, 7월에 들어서서 수영복이 본격적으로 매장에 나와 있다.

아마네와 마히루가 자주 가는 쇼핑몰에 수영복 특설 매장이 생겨서 반 여자애들이 수영복을 사러 가자고 이야기하던 것이 기억에 생생하다.

하지만 설마 마히루가 자발적으로 수영복을 사러 갈 줄은 몰랐다.

왜냐면, 마히루는 헤엄칠 줄 모르니까.

이것은 본인이 직접 말한 거지만, 헤엄치기 싫어서 수영이 필수 과목이 아닌 학교에 진학했다고 하니까. 좌우지간 헤엄칠 줄 모르는 거겠지.

그런 마히루가, 수영복을 사러 간다.

"같이 풀장에, 가는 게 아니었나요……?"

몸을 움츠리고 수줍어하며 우물쭈물 속삭이는 말을 듣고, 아마네는 몸을 굳힌 다음 손으로 얼굴을 가렸다.

(그런 얼굴로 말하지 말라고…….)

아니나 다를까, 교실에 남아 있던 반 아이들이 이쪽을 보고 있다.

넋이 나간 표정부터 따스한 웃음까지, 온갖 표정으로 보는 바람에 아마네는 거북하고 부끄럽고 해서 도무지 진정할 수 없다. 안 그래도 수줍어하는 마히루의 얼굴을 보고 심장이 난리를 치는데, 이런 분위기로 사람들이 지켜보면 도망치고 싶어진다.

"그래……. 그 뭐냐…… 잘 다녀와."

"네, 그럴게요. 어떤 게 좋을까요……?"

"아슬아슬하지 않은 걸로."

곧바로 대답할 수밖에 없었다.

마히루의 몸매라면 어떤 수영복이라도 잘 소화할 테지만, 기왕이면 너무 노출이 심하지 않은 것이 바람직했다.

애초에 아마네와 마히루는 사귄 지 몇 주밖에 되지 않았고, 마히루의 맨살은 거의 본 적이 없다.

마히루는 학교에서 목 아래까지 단추를 잠그는 데다 타이츠도 신고 있다. 덥지 않을까 걱정될 정도로 빈틈이 없는 차림새다.

　집에서는 기본적으로 가슴 언저리가 드러나는 옷을 착용하지 않는 편이고, 치마도 긴 것이 많다. 숏팬츠를 입을 때도 다리에는 타이츠를 신는다.

　즉, 몸 쪽의 맨살은 본 적이 거의 없다. 아니, 한 번도 없다. 애초에 볼 기회가 없다.

　그런 상태에서 마히루가 자극적인 수영복을 고르면, 아마네는 당분간 제자리에서 몸을 숙이고 앉아야 하리라.

　단호하게 말한 아마네를 본 마히루는 눈을 동그랗게 떴다가, 이어서 작게 웃음소리를 냈다.

　"아마네 군답네요."

　"내가 죽어. 과격하지 않은 게 좋아."

　"후후. 어떻게 할까요."

　"마히루."

　"아마네 군이 기뻐할 것으로, 치토세 양과 상의해 볼게요."

　살포시 웃은 마히루를 보고, 아마네는 입술을 꾹 닫았다.

　(치토세에게 이상한 걸 추천하지 말라고 메시지를 보내야지.)

　이것은 아마네의 목숨이 달린 문제다. 마히루가 질겁하지 않게 하려면 꼭 방지해야만 한다.

　아마네는 지금은 교실에 없는 치토세에게 메시지를 보내자고 결심하고, 조금 짓궂은 생각을 하는 마히루의 볼을 콕 찔렀다.

결국 마히루는 어떤 수영복을 샀는지 가르쳐 주지 않았다. 짓궂게 '입는 날을 기대하세요.' 라고 대답을 회피했다.

일단 치토세에게 당부하기는 했지만, 치토세가 그 말을 받아들였을지는 의심스럽다. 오히려 신나서 마히루에게 '아마네가 좋아할 거야.' 라고 노출이 심한 수영복을 추천했을 것 같다.

"제발 요란한 건 입지 말라고."

중얼거린 말은 욕실에서 울려서 아마네의 귀에만 들어왔다.

식사를 마치고 뒷정리를 자처하고 나선 마히루에게 정리를 맡기고 땀을 흘리고자 목욕하러 들어왔는데, 수영복이 신경 쓰여서 견딜 수 없다.

아마네도 남자 고등학생이니까 역시 여친이 어떤 수영복을 입을지 망상하고 만다.

가녀린 몸을 아낌없이 드러내는 자태는 참으로 매력적이겠지. 마히루는 원래부터 굴곡이 풍부한 체형이니까, 비키니 같은 것을 입었다간 확실하게 똑바로 바라볼 수 없다.

상상만 해도 심장이 시끄럽고, 몸이 화끈거린다. 욕조에서 뜨거운 물에 몸을 담근 탓도 있겠지만, 그것과는 다른 화끈함이다.

(뭐든 잘 어울리겠지만. 보는 것도 힘들 테고, 내가 옆에 설 수나 있을까.)

볼 권리도 있을 테고, 옆에 있을 권리도 있다. 하지만 마히루의 옆에 서면 여러모로 존재감이 흐려질 것 같다.

아마네는 슬쩍 자신의 몸을 봤다. 하지만 아직 이상적인 몸과는 거리가 멀다. 애초에 군살은 없었고, 복근이 눈에 보일 정도는 되었다. 그러나 역시 이상적인 체형에는 닿지 않는다. 남들이 보면 마른 남자라는 인상이 강하게 들겠지.

믿음직하고, 품격이 있는 남자. 그런 말과는 도저히 맞지 않는다는 생각이 든다.

조금만 더 골격이 튼실하면 좋았을 것 같지만, 부모님이 마른 체형인 관계로 이것도 유전일 테니까 어쩔 수 없다. 그 대신에 키는 큰 편이라서 그 점에서는 부모님께 매우 감사한다.

"카도와키와 상의해서 근육 트레이닝을 조금만 더 늘리자."

기초는 다졌고, 요새는 근육 트레이닝의 부하가 조금 부족한 느낌이 든 참이다. 무리하지 않게 주의하면서 조금만 더 강도를 높여 단련하면 수영복 차림을 보이기 전에는 지금보다 체형이 더 좋아질 것이다. 아마도.

마히루의 옆에 서기로 마음먹었으니까 노력을 게을리할 수 없다. 그리고 자신감이 생기기 위해서라도 더 애써야 한다.

아마네는 한숨을 슬쩍 쉬고, 얼굴을 목욕물에 반쯤 담갔다.

마히루의 수영복 차림을 망상하고, 옆에 선 자신을 상상하고 고민하다 보니 너무 후덥지근했다.

언제나 10분 정도 있으면서 이번에는 30분 넘게 몸을 담그고 있었으니까, 얼마나 고민이 깊었는지 알 수 있겠지.

평소보다 3배 이상 목욕에 시간을 쓰는 바람에 밤 10시도 반이 넘었다. 목욕탕에 비치한 방수 시계로 확인했으니까 틀림없다. 마히루는 기본적으로 밤 10시에 자기 집으로 돌아가니까, 이미 귀가했을 것이다.

당연히 집에 갔겠지. 아마네는 그렇게 결론을 내리고 몸에서 떨어지는 물을 닦아서 후다닥 옷을 입는다. 뜨거운 물에 몸을 너무 오래 담가서 후끈거리니까 상의는 걸치지 않고 에어컨 바람을 쐬어서 식히기로 했다.

아래는 헐렁한 운동복 바지, 머리에는 수건만 올린 모습. 부모님이 보면 '칠칠하지 못하구나.' 라거나 '그러다 배탈 난다.' 라는 소리를 들을 법한 차림으로 탈의실을 나와 거실로 돌아간다.

뭔가 볼 만한 방송은 안 할까. 그렇게 TV 쪽을 보면서 거실에 다다랐을 때, 눈에 익은 황갈색 머리가 소파에 기댄 것이 보였다.

(아직 집에 안 갔어?)

평소라면 이 자리에 없는데, 드물게도 남아 있었던 듯하다.

마히루는 머리를 조금 숙이고 뭔가 아래를 보면서 팔을 움직이고 있다. 아마도 집에서 할 공부를 여기서 하는 거겠지. 여전히 노력을 아끼지 않는 성격이라고 감탄하면서, 아마네는 마히루에게 다가갔다.

"웬일로 이 시간까지 있네."

아마네가 테이블 위에 둔 리모컨을 집고 채널을 바꾸면서 말을 걸자 집중하고 있었던 듯 마히루가 눈치채고 고개를 들더니, 그대로 딱딱하게 굳었다.

"흐, 에, 어……."

"왜 그래?"

"왜, 왜, 위에 아무것도 안 입었나요……!"

여름철에 목욕한 다음에는 흔히 있을 법한 모습이라서 아마네로선 딱히 이상할 게 없는데, 마히루는 대놓고 허둥대면서 손바닥으로 얼굴을 가리고 있다.

손가락 틈새로 빨갛게 물든 피부가 보였다.

"왜긴, 더우니까 그렇지."

"제, 제가 있을 때 그런 차림으로 나오지 말아 주세요."

"아니, 마히루는 집에 간 줄 알았으니까……. 벌써 10시 30분인데."

"아마네 군한테 말하고 가려고 했어요!"

그래서 남아 있었다고 납득한 아마네는 마히루 옆에 앉았다.

그러자 마히루가 갑자기 어깨를 확 들썩여서, 무심코 웃고 말았다.

"그렇게 부끄러워……?"

"당연히 부끄럽죠!"

"하지만 수영복을 샀다면 내 수영복 차림도 볼 거지? 그런데도 안 돼?"

"으……."

마히루는 아마네와 풀장에 가려고 수영복을 산다고 말했다.

그렇다면 아마네가 수영복을 입는 것도 염두에 뒀을 것이다. 풀장에 가서 헤엄치는 거니까 당연하겠지.

즉, 벗은 웃통은 당연히 본다는 의미다. 그런데도 아무것도 안 걸친 아마네의 웃통을 보고 이토록 허둥대고 있으니까, 정말로 풀장에 갈 수 있을지 불안해졌다.

아마네를 보고 부끄럽다면, 주위 다른 남자들의 수영복 차림에 버틸 수 있을까 하는 문제도 생긴다.

사귀지 않을 때도 벗은 웃통을 보고 부끄러워했으니까, 남자의 맨살을 보는 것에 저항감이 든다는 거겠지. 풀장이나 바다에 갈 수 있을지 의심스럽다.

"수영복을 사긴 했어도 풀장에는 못 간다는 일도 생길 법한데……."

"그, 그건 그럴지도 모르지만요."

"그렇다면 이참에 익숙해지는 게 어때?"

지금이라면 노출도 수영복보다 덜하니까 익숙해질 기회인데, 마히루는 고개를 도리도리 저었다.

"무, 무리예요. 지금의 아마네 군은 안 돼요."

"왜?"

"아, 아마네 군, 왠지, 야한걸요."

"야해?"

"목욕한 직후에는 도저히 안 돼요."

아까부터 눈을 마주치지 않는 이유는, 맨살 노출이 전부가 아닌 듯하다.

야하다는 말을 들어도 아마네는 그런 요소가 희박하다고 자부하는데, 마히루에게는 꼭 그렇지만도 아닌 듯하다.

그야 목욕한 직후의 마히루는 엄청나게 요염하니까, 좋아하는 사람이 목욕한 직후라면 더더욱 그렇게 보이겠지.

평소 마히루에게 당하고만 사는 아마네로선, 이렇게 마히루가 허둥대는 모습을 보니 조금 기분이 좋다. 왠지 모르게 괴롭혀 주고 싶은 심리가 생기지만, 너무 놀렸다간 마히루가 빨갛게 익을 것이다.

"그렇게 싫으면 옷 입고 올게."

"시, 싫은 건 아니지만요! 조, 조금만 기다려 주세요. 애써 볼게요."

"저기, 군이 애써야 할 정도로 힘들면 내가 옷을……."

"아, 앞으로 익숙해지지 않으면 곤란해요! 아마네 군과 함께, 푸, 풀장에 갈, 거니까요."

참 기특한 소리를 하고서 아마네를 슬쩍 보더니 다시 얼굴을 붉히고 시선을 다른 쪽으로 슬그머니 돌리는 마히루에게, 아마네는 보채지 않고 건투를 기원했다.

마히루에게 너무 뭐라고 할 수 없는 것은, 아마네도 같은 처지라면 마히루보다 확실하게 똑바로 보지 못할 테고, 시선만이 아니라 몸마저 도망칠 수 있기 때문이다.

"아마네 군이 애쓰는 걸 아니까요. 그 성과가 나왔다면, 응원하는 사람으로서 기뻐요."

"응."

"그, 그래도…… 저, 저기…… 요즘 너무 멋지니까 안 돼요! 자신감이 생겼으니까 괜히 더 멋져서 안 돼요! 치사해요!"

"치사해?"

"제가 훨씬 두근두근하는걸요."

"그 말은 그냥 넘어갈 수 없겠는데."

마히루가 아마네에게 두근거리는 것은 알지만, 아마네가 그렇지 않다고 생각하는 것은 간과할 수 없다. 마히루와 똑같이, 심장이 평소보다 세차게 뛴다.

더불어 아마네는 마히루에게는 없을 갈등도 끌어안고서 마히루 곁에 있다. 아마네가 봤을 때는 마히루가 더 치사하다.

조금은 아마네의 마음도 알게 해 주자고, 아마네는 마히루의 등에 손을 뻗어 그대로 가녀린 몸을 품으로 끌어당겼다.

아마네를 똑바로 보지 못했던 마히루는 미처 대비할 수 없었겠지. 손쉽게 아마네의 품에 쏙 들어와서 맨살에 뺨을 대는 지경에 이르렀다.

작은 몸이 알아보기 쉽게 떨린다.

"아아아, 아마네 군."

"성희롱이라고 욕해도, 도망쳐도 좋지만, 내 마음도 좀 알아 줬으면 좋겠어."

웃통을 벗은 상태로 끌어안는 짓은, 평소의 아마네라면 하지 않는다. 애초에 마히루가 보는 앞에서 맨살을 드러내는 일이 없지만, 오늘만큼은 어쩔 수 없겠지.

"가슴이 무척 두근거린다고 할까. 나는 남자니까, 마히루 너보다 이런 상황에 마음이 복잡해지거든."

물론 이 상황의 원인은 아마네이고, 마히루에게 뭔가 책임이 있는 것은 아니다. 하지만 역시 연인끼리 밤에 단둘이 있다는 점에서 마음이 차분해지지 않는다.

마히루만 가슴이 두근거리는 일은, 있을 수 없다.

아마네의 품에 안긴 마히루는 가슴에 뺨에 닿아 심장 소리를 들은 듯, 얼굴을 붉히면서도 놀라운 듯 눈을 깜빡깜빡 떴다 감았다 했다.

아마네는 마히루가 이해했다고 보고 몸에서 손을 뗐지만, 마히루는 아마네에게 기댄 채로 움직이려고 들지 않았다.

"미안해. 실망했지?"

"시, 실망한 건 아니고요……. 저, 저기…… 아마네 군. 이렇게 보면, 무척, 남, 남자다운 것 같아서요."

"나를 뭐라고 생각한 거야."

심한 소리를 들은 것 같아서 두 눈썹의 거리가 살짝 좁아지려고 하는데, 허둥대는 듯한 마히루의 눈빛과 떨리는 몸을 느끼고 딱딱해진 표정을 풀었다.

"새, 생각하지 않은 건, 아니거든요. 다만, 그게…… 직접 닿으니까, 남자답구나 싶었어요."

조금 말하기 불편한 투로 솔직하게 대답한 마히루는 머뭇거리면서도 확실하게 아마네의 몸을 손으로 만졌다. 살며시, 잘못하면 망가지는 것을 건드리듯 어루만져서, 아마네로선 부끄러움보다 간지러움을 먼저 느끼고 만다.

"아마네 군은, 말랐으니까요……."

"말라서 미안. 듬직하지 않지?"

"그렇지 않아요. 그게, 생각했던 것보다, 단단하고, 다부져서, 깜짝 놀랐어요……."

마히루가 손끝으로 천천히 몸의 중심을 따라가듯 만진다.

이렇게 할 정도로 근육이 불끈 솟은 것은 아니지만, 단련한 보람이 있어서 그럭저럭 단단하게 뭉쳤다. 마히루의 손끝이 딱 갈라질 듯 말 듯한 복근을 어루만져 감촉을 확인하고 있었다.

마히루가 살색 노출에 익숙해지기 위함이라고는 하지만, 참 뭐라고 할까. 간지러움과 답답함과 수치심이 한꺼번에 확 치밀어 올라서, 아마네는 신음을 필사적으로 억누르는 상태다.

"저는 남자 몸을 만진 적이 없어서 신선하고, 놀라워서……."

"너라면 얼마든지 만져도 되지만, 너무 자꾸 만지다간 난처해질걸."

눈을 딱 깜빡이고 아마네를 쳐다보는 마히루 눈에는 수치심이 조금 엿보였지만, 어디까지나 순진한 느낌이다. 이래서는 아마네 혼자 속이 타는 것 같아서 가슴이 아팠다.

하지만 피부를 따라서 손끝을 움직이는 식으로 만지게 내버려 두었다간 아마네가 달갑지 않은 반응을 나타낼 것 같으니까, 제발 그만두게 하고 싶다. 마히루를 겁주고 싶지는 않다.

"마히루가 만지는 만큼, 나도 만질지도 몰라."

농담하듯 마히루의 허리를 슬쩍 쓰다듬자 마히루가 가냘프게 "하윽." 하고 비명을 지르고 몸을 떨었다. 원래부터 간지럼을 잘 타는 마히루는 조금만 만져도 움찔움찔 몸을 떠니까, 슬쩍 만지기만 해도 과민하게 반응하는 듯하다.

아마네는 어디까지나 슬쩍 건드리는 수준에서 멈췄지만, 마히루가 싫어한다면 금방 손을 떼고 사과하려고 했다. 하지만 마히루는 싫은 것보다는 부끄러워하는 느낌으로 눈을 희미하게 뜨고 아마네의 가슴에 이마를 댔다.

"아, 아마네 군이 만지는 건, 좋아하니까, 괜찮지만요…….
저기, 가, 간지럽히면 안 되거든요?"

앞으로 기대듯이 몸을 밀착하고 고개를 들어 쳐다보는 마히루
는 자신의 무기가 뭔지 전혀 모르는 거겠지.

말도, 표정도, 눈빛도, 자세도, 달콤한 향기도, 아마네의 이성
을 성대하게 갉아먹어서, 조금만 더 밀어붙이면 이성의 아성이
간단하게 무너질 것이다.

아마네는 입술을 한 번 깨물고 그 아픔으로 아슬아슬하게 버
틴 뒤, 마히루의 얼굴을 내려다봤다. 의심이나 경계심을 하나
도 모르는 눈동자에 아마네가 비치고 있었다.

"만져도 돼……?"

"어, 어째서 안 될 이유가 있나요. 만져도 된다고 요전번에 말
했을 것 같은데요. 제가 만진 만큼, 아마네 군도 저를 만질 권리
가 있다고 생각해요. 여, 연인이라면 괜찮지 않을까요……?"

"아, 아니. 그게, 내 잘못이긴 한데. 지금 상태로는 위험하다
고 보거든……. 모르겠어?"

한 발짝이라도 잘못 내디뎠다간 돌이킬 수 없는 상태임을 모
르는 눈치여서 확인하듯이 물어보자, 마히루는 캐러멜 빛깔을
띤 눈을 크게 깜빡이더니 급속 전기 주전자처럼 얼굴이 화끈 달
아올랐다.

그리고 뭔가 말하려고 입을 뻐끔뻐끔 움직인 뒤, 아무 말도 꺼
내지 못한 채 몸을 움츠리고 고개를 푹 숙였다.

도망칠 기미는 없다. 그저 수치심이 가득한 것처럼 머리카락 사이로 보이는 귀가 새빨갰다.

"으, 저, 저기…… 여, 역시, 다음에, 다시 부탁할게요……."

간신히 끄집어낸 듯 희미하게 떨리는 목소리가 애원하듯이 연기를 요구해서, 아마네도 마히루에게서 시선을 떼고 고개를 끄덕였다.

"그건 나도 부탁할게……. 뭐, 손댈 위험이 있다고 할까…… 훌쩍 넘어갈 것 같아 무서워."

남자 고등학생의 이성은 약한 법이다. 예를 들어 지금 빈틈이 있는 모습을 봤다간 그대로 침실로 데려갈 위험이 있다.

소중히 여기자고 마음먹었고, 천천히 둘만의 시간을 늘리는 것을 중시하고 싶은 아마네로선 단계를 몇 개나 뛰어넘어서 본능에 따라 관계를 맺는 것이 좋지 않다고 생각한다. 그 결과로 잃는 것이 많고 괴로운 사람은 마히루일 테니까 더욱.

아마네가 꾹 참고 내놓은 말을 듣고, 마히루는 몸을 흠칫 떨었다. 눈치를 보는 마히루를, 아마네는 감출 수 없는 부끄러움을 참으면서 슬며시 머리를 쓰다듬어 주었다.

"제발 부탁할게. 소중히 대하고 싶으니까 조심해 줘."

아마네가 작게 속삭이자 마히루는 "노, 노력해 볼게요……." 라며 약간 힘없는 목소리로 수줍게 대답했다.

제8화 먹이를 주지 마세요

교제를 시작한 지 한 달.

아직 먼저 키스해 보지도 못한 아마네는, 마히루를 어떻게 대하면 좋을지 몰랐다.

손을 잡거나 끌어안는 행위는 했지만, 그 이후로는 진전이 없다.

지난번에는 상반신 탈의 상태로 끌어안았으면서 아무 일도 없었기 때문에, 이츠키가 알면 웃을 게 뻔하다. 물론 그 판단이 틀리지 않았다고 믿지만, 남자가 그래도 되냐는 지적을 들어도 이상하지 않은 일임은 잘 알았다.

아마네로선 관계를 발전시키고 싶지만, 진도가 나가는 것이 무섭기도 하다. 마히루에게 거절당하거나, 상처를 줘서 울리기라도 했다간 아마네는 회복하지 못할 자신이 있었다. 그것이 겁쟁이로 불리는 이유라는 것도 자각하고 있다.

힐끗. 옆에 앉은 마히루를 봤다.

몸을 만져도 된다는 발언 이후로 며칠이 지났다. 마히루는 바로 다음 날에만 해도 안절부절못하는 기색을 보였지만, 아마네가 아무것도 하지 않는다고 알았는지 평소와 비슷한 태도로 돌아왔다. 당사자인 아마네도 이상하다고 보지만, 긴장되는 것은 역시 어쩔 수가 없다.

"무슨 일이세요……?"

시선을 눈치챘는지 마히루가 의아해한다. 아마네의 갈등을 알아챈 낌새는 없다.

"아, 아니. 뭐라고 할까…… 그게, 마히루를 어떻게 만져야 할지, 몰라서."

만지고 싶은데도 섣불리 그럴 수 없다고, 겁쟁이 같은 말을 작게 덧붙였다. 그러자 마히루는 지난번 일을 다시 떠올렸는지 눈을 동그랗게 뜨더니 시선을 이리저리 돌리기 시작했다.

전혀 의식하지 않았던 눈치라서, 그 반응을 보고 아마네가 먼저 웃고 말았다.

"저기, 마히루는 어떻게 했으면 좋겠어?"

"그걸 저한테 물어보는 건가요?"

"그, 그야 당연히, 마히루는 당사자잖아? 본인이 원하지 않는 일은 하기 싫고, 최대한 존중하고 싶어."

아마네의 감정만 폭주해서 마히루에게 불쾌함을 주는 것은 무조건 피하고 싶고, 그랬다간 아마네의 양심과 이성이 가책을 받을 것이다. 더불어 부모님이 알면 혼날 것이다.

첫 남녀 교제라서 여유가 없는 만큼, 최대한 배려해야 한다. 게다가 아마네도 마히루가 울거나 싫어하면 마음에 타격을 입을 테니까, 마히루의 희망을 들어주고 싶다.

그런 마음으로 마히루를 가만히 바라봤더니, 마히루는 안절부절못하는 눈치로 몸을 들썩인 다음에 아마네의 어깨에 몸을 기댔다.

"뭐, 뭐든지, 아마네 군이 하고 싶은 대로 하면, 되는데요. 간지럽히는 것과 뱃살을 잡는 것만 아니면요."

"잡을 데가 있긴 해?"

"그야 저는 체형을 철저하게 관리하지만요. 군살이 있건 없건 여자는 남자에게 뱃살을 잡히는 것이 싫은 법이에요."

"싫어하는 짓을 할 생각은 없는데……. 저기, 정말로, 그래도 괜찮겠어?"

"괜찮다고 했어요!"

마음대로 해도 좋다고 단언한 마히루. 하지만 아무리 연인이라고 해도 남자에게 멋대로 만지게 허락하는 것은 조금 무서운지, 아마네는 몸에 닿은 어깨가 희미하게 떨리는 것을 느꼈다.

아마네로선 마히루가 신체 접촉을 받아들일 마음이 있다는 생각에 기쁘기도 하지만, 한편으로 강요하는 일이 없도록 조심해야겠다고 생각했다.

마히루의 몸을 만지고 싶은 마음은 굴뚝같지만, 대체 어쩌면 좋을까. 그렇게 10초를 꽉 채워 고민한 결과, 아마네는 몸을 기댄 마히루를 손으로 슬쩍 밀어낸 다음 그대로 부드럽게 몸을 감싸듯 끌어안았다.

가냘픈 몸이 아마네의 품에서 흠칫 떨리고 움츠러드는 것을 알 수 있어서, 긴장한 몸을 풀어주듯이 부드럽게, 달래듯이 등을 토닥토닥 두드려 주었다.

딱히 무서운 짓을 할 생각은 없다는 마음을 담아서 다정하게 접촉하는 아마네에게, 마히루는 긴장을 풀고 온몸을 맡긴다.

"무서워하지 않아도, 아무 짓도 안 해."

"무, 무서운 게 아니에요. 그게, 부끄러움이 앞선다고 할까요. 기대했다고 할까요……."

"뭘 기대했는데?"

"그게…… 키스, 라든지."

아마네의 가슴팍에 뺨을 슬쩍 대면서 말꼬리를 흐리는 마히루. 이번에는 아마네가 몸을 떨 차례가 왔다.

"아, 아마네 군이, 저를, 무척 좋아하는 것도, 보물처럼 소중히 대해 주는 것도, 알지만요. 좋아한다는 걸, 많이, 느끼고, 싶어요."

기특한 느낌이 들 정도로 귀여운 소리를 하는 마히루에게, 아마네는 애정이 끓어올랐다.

평소에도 귀여움을 사방에 뿌리고 다니는데도, 연인에게 귀여운 직구를 무의식중에 던지는 마히루 덕분에 아마네의 머리는 이성과 함께 아찔하게 흔들리고 있었다.

방심했다간 끌어안은 채 덮칠 뻔한 상태에서, 아마네는 입술을 꽉 깨물고 충동을 억누를 수밖에 없다.

"보챌 생각은 없고, 조르는 게, 건전하지 못하다는 것도, 알지만요."

수치심과 민망함 등이 뒤섞인 표정으로 울상을 짓고 중얼거리는 모습을 본 아마네는 더 참지 못하고 마히루의 어깨에 얼굴을 파묻었다.

"진짜 싫다…….."

나지막하게 중얼거린 말이 마히루에게도 들렸는지 불안한 듯 몸을 떠는데, 아마네는 그 의미를 오해하게 둬서는 안 된다며 울상을 한 마히루의 눈을 들여다봤다.

"이러니까 마히루는 치사한 거야. 그런 말을 들으면 내가 멈출 수도 없고, 집에 돌려보내기 싫어지는데."

아마네는 그런 유혹을 듣는 내 처지도 생각해 달라고 투덜대면서 마히루의 몸을 꼭꼭 끌어안았다.

"마히루는 조금만 더 자신을 소중히 여겼으면 좋겠어."

"소, 소중히 여기지만요. 좋아하니까, 아마네 군이 원하는 대로 하면 좋겠다고 생각하는 거예요."

"위험한 발언은 제발 그만둬. 남자의 이성을 흔들지 마."

"위험해요……?"

"내가 마히루를 얼마나 좋아하는지 알면서 그렇게 말한 거라면, 넌 진짜 악마야."

절대로 손대지 않는다고 알면서 도발하는 게 아닐까 생각한 적도 있었지만, 그 분야에서 순진한 마히루가 그토록 교묘하게 행동할 리가 없다. 즉, 마히루는 순수하게 아무것도 모르는 상태로 아마네를 유혹하고 있다. 그게 더 무섭다.

참을성을 발휘하는 아마네의 떨떠름한 표정을 조금이나마 느꼈는지, 마히루가 얼굴을 살짝 붉히면서 응석을 부리는 눈빛으로 쳐다봤다.

"아마네 군을 믿는걸요?"

"내 신뢰가 인질로 잡힌 것 같아."

"그, 그럴 의도는 없어요. 아마네 군이 갈등하는 걸 보니까 왠지…… 행복한 기분이 들어서요. 아뇨, 즐기는 건 아니거든요? 아마네 군이 저를 소중히 여겨 준다고 잘 느껴서, 뭉클뭉클하다고 할까요. 사랑받는다는 기분이 들어서……."

기쁨을 물씬 드러내고 속삭이는 바람에 무심코 마히루를 보자, 생긋 웃는 얼굴을 아마네에게 보여줬다.

"저는 옛날에 코유키 씨한테 이것저것 많이 배웠는데요. 그래서 아마네 군 같은 사람은 정말 희귀하다는 걸 알아요. 상대의 마음을 물어보고, 상대의 마음을 존중해 주는 사람. 아마네 군이 저를 존중해 주고, 소중히 여긴다는 것을 잘 알아요. 그래서 지난번에도 저에게 선택권을 주었다는 것도요."

소중히 여기니까 마히루의 마음을 무시하는 짓은 하고 싶지 않다. ──그런 아마네의 마음은 마히루에게 잘 전해졌고, 그렇기에 마히루는 아마네 자신이 원하는 대로 하기를 바란 것이다.

말문이 막힌 아마네에게, 마히루는 다시 생긋 웃어 주었다.

"그런 아마네 군을 좋아하게 되어서 다행이라고, 진심으로 생각해요."

기쁜 듯, 행복한 듯, 애정으로 가득한 웃음을 띠는 마히루에게, 아마네는 한계를 느끼고── 부드럽게 풀어진 하얀 뺨에 입술을 댔다.

아마네와는 비교도 안 될 만큼 매끄럽고 부드러운 뺨을 느끼면서 최대한의 애정을 담아 부드럽고 은은한 입맞춤을 마치자 하얀 뺨이 입술이 닿은 곳을 중심으로 물들기 시작한다.

"자, 뺨에 키스했는데, 괜찮겠습니까?"

흥분해서 뺨에 키스하고 말았는데, 미리 제대로 말하는 게 좋지 않았을까……하고, 아마네가 뒤늦게 후회하면서 말을 걸자 우스운 듯이, 행복한 듯이, 웃음꽃이 핀다.

"그런 건, 허락을 받은 다음에 물어볼 일이 아닌 것 같은데요."

"어쩔 수 없잖아……. 그 뭐냐, 인내심이 한계에 달했다고 할까. 멋대로 해서, 미안해."

"정말이지, 정직한 사람이네요. 아마네 군이 저한테 하는 일 중에서 제가 싫어할 건…… 그야 간지럽히거나 뺨을 꼬집으면 곤란하지만, 정말로 싫은 건 없거든요?"

그렇게 말하고, 마히루는 앙갚음하듯이 아마네의 뺨에 슬며시 입술을 댄 다음 딱딱하게 굳은 아마네의 귓가에 대고 속삭였다.

"사랑하는 사람이 키스한다고 싫어할 리가 없어요."

(아아, 진짜……!)

이러면서 본인은 자각이 없으니까 악마 같다고 속으로 몸서리를 치면서, 아마네는 다시 부드러운 백자 같은 뺨에 키스했다.

속에서 부글부글 끓는 욕구를 억지로 이성의 우리에 가두고, 그저 기특한 연인을 귀여워하듯이 작은 몸을 다시 끌어안았다.

"저기, 위험할 거 같으면 막아도 돼. 지금도 꽤 위험해."

"위험, 한가요?"

"폭주할 것 같아. 여유가 없어. 내가 봐도 한심하지만."

"폭주하면, 어떻게 되나요?"

"아마도, 마히루를 울릴 거야."

억지로 밀어붙이지도 않을 것이고, 울릴 생각도 없지만, 도저히 억누를 수 없는 것도 있다. 마히루를 끌어안고 부드러운 몸을 탐닉하고 있는 것도 저항할 수 없는 충동 탓이다. 이 상황에서 인내하는 것 자체가 기적에 가깝다.

마히루라면 이대로 가도 용서해 주겠지. 그 점은 눈치챘지만, 아마네는 앞으로도 마히루를 소중히 여기고 싶으니까 용납할 수 없다.

그 대신에, 주체할 수 없는 충동을 길들이기 위해서 아주 조금, 족쇄를 느슨하게 풀어주고 말았다.

어째서인지 아까보다도 더 진하게 느끼는 달콤한 향기를 맡으면서, 아마네는 천천히 입술을 마히루의 목에 댔다.

혈관이 비쳐 보일 정도로 하얗고 가냘픈 목에 입술이 스치기만 했는데도 마히루가 가녀린 몸을 떨었다. 하지만 싫은 내색은 없이, 조금 간지러운 듯이 몸을 들썩일 뿐이다.

천천히, 천천히. 입술을 미끄러뜨려서 목 아래까지 왔을 때, 아마네는 달콤한 향기를 코에 가득 들이마시고, 그대로 살짝 깨물어 봤다.

물론 잇자국이 남을 정도로 세게 한 것은 아니다. 살짝 대는 정도로. 그런데도 "하으." 하고 간드러진 소리가 흘러나온다. 그러나 마히루는 도망치지 않고, 아마네의 옷을 꼭 잡고서 아마네가 하고 싶은 대로 놔두고 있다.

너무 귀여운 나머지 이성이 훅 날아가려는 것을 붙잡고, 아마네는 마지막으로 교복에 가려서 안 보일 법한 위치에 입술을 대고 쪽 소리를 냈다.

새하얀 피부에서 한 군데만 빨갛게 물든 것을 보니 죄악감과 애정, 흥분, 작은 우월감과 정복감이 느껴져서, 아마네는 결국 자신이 참 한심한 남자임을 통감하고 말았다.

고개를 슬쩍 들어서 보니 마히루가 얼굴을 새빨갛게 물들이고 눈물을 머금고서 아마네를 봤다. 그 눈에는 혐오감이 하나도 없고, 수치심만이 가득했다.

"그 위치는 정말 미안해. 저기, 내가 잘못했어."

너무 지나쳤다고 금방 깨닫고 머리를 숙였다. 그러자 마히루는 꼭 다문 입을 열었다.

그리고 그대로 아마네의 티셔츠 밖으로 드러난, 어깨에 가까운 목 쪽에 입술을 댔다.

덥석. 왠지 귀여운 의성어가 붙을 법한 느낌으로 깨문 마히루는 그대로 열심히 입술로 오물거려서 쪽 소리를 내려다가 실패했다. 오히려 먹으려고 하는 움직임에 가까울지도 모른다.

잠시 후 입술을 뗀 마히루는 자국이 나기는커녕 하나도 변하지 않은 아마네의 피부를 보고 이해할 수 없다는 표정을 지었다. 하지만 아마네의 시선을 눈치챘는지 토라진 듯, 응석을 부리는 듯, 신뢰로 가득한 눈빛을 보여줬다.

"한 번에, 한 번이거든요."

마치 불만이 있냐는 투로 물어봐서, 아마네는 자국이 하나도 안 생긴 것까지 포함해 너무 귀여운 나머지 죽을 것 같았다.

이제는 끌어안아서 그대로 잡아먹고 싶은 충동이 가득한 것도 가까스로 참고, 아마네는 "이 바보야." 하고 신음하면서 새로운 자국이 남지 않게 조심하면서 마히루의 목에 얼굴을 파묻었다.

제9화 여름 방학의 시작

"야호-! 우리의 여름 방학이 왔드아아아아!"

"뭘 그렇게 날뛰는 건데."

7월 후반, 방학식과 함께 연락 사항을 전달하는 HR을 마치고 자유의 몸이 된 학생들은 화기애애하게 여름 예정을 이야기하고 있었다.

이츠키는 HR이 끝난 순간에 흥분해서, 보고 있는 아마네는 후덥지근해서 견딜 수 없다.

"뭐긴, 당연하지. 지옥 같은 수업이 끝을 알리고 천국…… 낙원이 찾아왔다고……!"

"너만 공부가 싫은 거지, 나는 별로 싫지 않거든."

"지식인은 입 다물어. 아마네 너도 시이나 양과 러브러브할 시간이 늘어나는 거라고."

"무슨 말이……. 저기 말이야. 하루 내내 그렇게 지내는 건 아니라고."

오히려 말없이 각자 하고 싶은 일을 하면서 지내는 시간이 더 많을 정도다.

같은 공간에서 지내는 시간 중, 각자 공부하거나 집안일을 할 때가 더 많으니까, 항상 찰싹 붙어서 지내는 건 아니다.

마히루는 공부는 물론 건강과 미용을 위해서 운동하거나 몸을 가꾸곤 한다. 마찬가지로 아마네도 조깅하러 가거나 몸을 단련하거나 하니까, 항상 붙어 지낸다고 생각한다면 큰 착각이다.

"까놓고 말해서 너희는 그냥 의식해서 행동하는 것에 거부감이 큰 거지, 무의식중으로는 꽁냥댄단 말이지……."

"어딜 봐서."

"가끔 눈이 마주치면 웃거나, 팔에 기대거나, 손을 잡거나 할 것 같아."

아마네는 부정할 수 없었다.

마히루와 끌어안는 일은 자주 없지만, 그렇게 소소한 스킨십은 일상적으로 하고 있다.

기준을 잡기 어려워서 아마네는 그것을 애정 행각으로 치지 않지만, 세간에서는 그런 것을 애정 행각으로 보는 듯하다.

"거봐. 너희는 보기만 해도 화끈해질 정도로 꽁냥댄다고. 안 그래, 유타?"

"아하하, 그러네. 보는 우리가 더 부끄러울 정도니까."

"카도와키, 너마저."

"뭐, 그 덕분에 사이에 끼어드는 사람이 없으니까 나쁜 건 아니겠지만 말이야."

그 말대로 예상했던 괴롭힘이나 험담, 그리고 마히루를 빼앗으려고 움직이는 남자는 적어도 같은 학년에 없다시피 하다.

마히루가 아마네를 좋아하는 태도를 숨기지 않는 것이 가장 큰 원인이겠지. 아마네 말고는 눈길도 주지 않으니까 체념한 것 같다.

그래도 아마네는 불평을 듣거나 괴롭힘을 당하는 것은 각오했는데, 오히려 같은 반에서는 어째서인지 가만히 지켜보는 분위기가 조성되고 있다. 솔직히 이해할 수 없었다.

"까놓고 말해서 건드리지 못하는 건 시이나 양의 압력 탓이기도 하겠지."

"압력이라고?"

"압력이라고 할까, 견제? 아니, 체육대회 때의 그 분위기를 봤으면 당연히 아무 말도 못 하겠지. 시이나 양은 아마네가 뭔가 당하면 확실하게 폭발할 테니까."

"폭발하다니…… 상상할 수 없는데."

"나도 그렇지만. 그래도 무조건 화내겠지. 시이나 양은 문무겸비에 외모도 출중하고, 교사들의 신뢰도 두터우니까 적으로 만들면 무서울걸."

그렇게 평소 온화한 사람을 화나게 했다간 무서울 게 뻔하다고 덧붙이는 이츠키에게, 아마네도 그 점은 슬쩍 동의했다.

(아마도 화나게 해서는 안 될 타입이겠지.)

아마네도 말했지만, 화내는 모습을 도무지 상상할 수 없다.

그러나 화나게 했다간 위험할 것임을 안다.

항상 온화하게 웃고 어지간한 일로는 화내지 않는 만큼, 끓는 점을 넘어가면 웃으면서 상대를 정론으로 두들겨 팰 것 같다. 체육대회 때 있었던 일을 생각하면 있을 법하다.

화나게 할 예정은 없고, 아마네가 뭔가 저질렀다간 화내기 이전에 슬퍼할 것 같으니까, 마히루는 최대한 평화롭게 지내게 하자고 마음먹었다.

"저를 화나게 할 예정이 있나요?"

아마네가 속으로 맹세했을 때, 마침 마히루가 치토세와 함께 이쪽으로 걸어왔다.

"시이나 양. 아니, 내가 아니라. 만약 아마네가 뭔가 나쁜 짓을 당하면 화내겠구나, 하는 이야기인데."

"그건 당연하지만…… 폭발하진 않아요. 상대를 마주 보고서 잘 이해해 줄 때까지 찬찬히 이야기를 나눌 거예요."

싱긋 웃는 마히루를 본 이츠키가 몸을 살짝 떨었다.

그 선언대로 마히루는 모든 말을 총동원해서 상대가 이해하게끔 하겠지. 웃음과 정론을 무기로 삼아 상대를 몰아붙이고 고개를 끄덕이게 할 것 같다는 점에서, 역시 적으로 만들고 싶지 않다.

"아마네, 마히룽을 화나게 하면 안 되거든?"

"화낼 짓을 할 리가 없잖아. 오히려 뭘 하면 화내는데."

"바람을 피운다거나……?"

"할 것 같아?"

"그럴 일은 거의 없다고 보거든? 아마네의 성격으로 봐서는 있을 수 없잖아. 아마네는 한번 친해지면 끝까지 소중히 대하는 사람이니까."

"말은 고맙네."

"뭐, 너무 애지중지하니까 겁이 많은 거겠지만. 뺨에 키스하는 걸로 그치는 건 소심한 거 같은데."

"마히루."

"아, 아니에요. 불만이 있는 건…… 그게, 자국을 보고 물어봐서 말이죠."

"좋아, 잊어라."

자국에 관해 물어봐서 사건의 전말을 이야기했다면, 이제는 아마네가 건드리지 않는 것이 좋다.

"아, 그거 혹시 키……."

"이츠키."

"눼눼. 우리 친구님께선 부끄럼쟁이로군요. 그 정도는 우리도 그냥 하는데 말이야."

치토세에게 "그렇지, 치이?"라고 말하며 애정 행각을 벌이는 이츠키를 보고서, 아마네는 속으로 '너희처럼 어른의 계단을 오르지 않았다고.' 라고 투덜거렸다.

교제한 지 2년이 지난 두 사람은 당연히 아마네와 마히루가 가지 못한 데까지 갔을 테고, 이츠키 본인에게 그럭저럭 이야기를 듣고 있으니까 딱히 놀랄 일도 아니지만, 왠지 낯뜨거운 기분이 든다.

마히루도 치토세에게 들은 게 있는지 얼굴을 확 붉히니까, 피차 똑같은 상상을 한 거겠지.

(한참 뒤의 일이겠지만…….)

입술에 하는 키스도 아직 경험하지 못했으니까, 육체관계는

꿈도 꿀 수 없다. 지금 당장 하고 싶은 욕구도 없으므로, 천천히 둘만의 속도에 맞춰 거리를 좁힐 수밖에 없다.

눈이 마주친 마히루가 괜히 얼굴을 붉히고 고개를 푹 숙여서, 아마네도 몹시 부끄러운 나머지 마히루에게서 눈을 돌렸다.

"마히루, 우리 고향에는 언제 가면 좋겠어?"

아마네는 방학식 후 잠시 귀가했다가 아마네의 집에 찾아온 마히루에게 물어봤다.

원래는 더 일찍 정해야 했지만, 마히루와 교제를 시작하면서 들뜨기도 하고 그 밖에도 여러모로 바빠서 미처 상의하지 않았다. 아마네의 어머니 시호코한테는 언제든지 와도 좋다는 말을 들었으니까, 마히루의 예정만 빈다면 평소처럼 *오봉 시즌에 귀성하겠지.

아마네의 질문에 마히루가 눈을 연신 깜빡였다.

"아, 역시 우리 고향집에 가는 건 싫어?"

"아, 아니에요. 아마네 군의 친가에 가자고 말한 걸 지금 떠올려서요……. 저기, 저는 언제든지 좋아요."

"그렇구나. 얼마나 머물까? 작년에는 2주 정도 있다가 왔어. 8월 15일 전후로 2주 정도."

아마네는 황급히 손을 흔들어 싫지 않다는 의사를 표시한 마히루에게 쓴웃음을 짓고, 그렇다면 얼마나 오래 고향에 있을지

---

* 오봉 : 불교의 백중(음력 7월 15일)에 해당하는 일본의 명절(양력 8월 15일). 조상의 영혼이 귀성한다는 시기로, 일본의 대표적인 여름 휴가철이기도 하다.

고민했다.

지금으로선 오봉 시즌에 이츠키나 유타 등 다른 친구들에게 같이 놀자는 이야기를 들은 것도 아니고, 일반적으로 오봉 시즌에는 가족과 함께 지내는 일이 많으니까 그때쯤이 좋겠지. 등교일도 아니니까 간다면 그 시기가 좋다.

작년에는 혼자 최소한의 집안일을 하는 것도 귀찮아서 2주 넘게 머물렀지만, 올해는 마히루도 있으니까 예정을 맞춰야 한다. 느긋하게 지낸다면 1주에서 2주 정도일까.

"저도 별다른 예정은 없어요. 치토세 양하고 같이 놀 일정은 아직 잡지 않아서요. 그러니까 같이 갈 기간은 아마네 군이 정해 주세요."

"그러면 2주 정도면 되겠지. 제법 오래 머물 텐데, 괜찮아?"

"네."

별다른 예정을 잡지는 않았다고 하니까, 아마네가 제안한 날짜로 정해졌다.

마히루는 여자라서 옷을 많이 챙겨야 할 것 같으니까 먼저 짐을 부치자고 제안해 두고, 아마네는 시호코에게 메시지를 보냈다.

일하는 중일 테니 바로 답장이 오는 일은 없겠지만, 아마도 기꺼이 승낙하고 머무는 기간을 늘리려고 하겠지. 마히루의 성격도 한몫하지만, 아무튼 귀여운 것을 좋아하는 아마네의 어머니는 마히루를 아주 좋아한다.

"그나저나 어머니가 무척 기뻐하겠는걸."

"후후, 그러시겠네요."

"각오해 둬."

"네?"

"우리 어머니는 마히루를 귀여워하려고 안달이니까."

틀림없이 엄청나게 귀여워할 것이다.

딸이 있었으면 하는 어머니니까 이참에 딸이 생긴 것처럼 행동하고 귀여워하겠지.

"고마운 일인데요……."

"그렇다면 상관없지만. 그건 그렇고……."

"네?"

"사귄다고 말해야 할까."

주저하듯이 중얼거리자 마히루도 굳었다.

일단 시호코에게는 아직 보고하지 않았다고 하는데, 같이 아마네의 고향집에 갔을 때 들켜서 놀림을 당할지도 모른다. 그럴 바에는 미리 말해서 피해를 줄이는 편이 좋을까, 하는 갈등이다.

하지만 피해가 줄어들지 모른다는 것이지, 반대로 피해가 커질지도 모른다는 것이 시호코의 무서운 점이다.

"어, 어쩌죠? 새삼스럽게 보고하는 것도 부끄럽네요."

"그렇지? 절대로 이것저것 다 캐물을 거야."

"하지만 소중한 아들인 아마네 군을 데려가는 거니까, 인사는 꼭 해야죠."

"내가 마히루를 데려가는 건데……."

아마네는 거의 확정 사항으로 보고 말했는데, 마히루는 그 말을 들은 순간에 얼굴을 붉히고 쿠션을 꼭 끌어안았다.

"아무렇지도 않게 그런 말을 하는 것이 아마네 군의 좋은 점이지만요. 아무렇지도 않게 말하는 부분이 무서워요."

"어느 쪽이라는 거야."

"저한테만 말한다면 좋은 점이에요."

"내가 마히루 말고 다른 사람에게 말할 거 같아……?"

다른 사람에게는 눈길도 주지 않을 것을 잘 알면서도, 마히루는 뭘 걱정하는 걸까?

"그런 점도요. 그래도 좋아요. 이건 아마네 군의 좋은 점이면서, 슈토 씨의 교육이 낳은 성과가 아닐까 싶어요."

"왜 아버지 이야기가 나와?"

아마네로선 난데없이 아버지 슈토의 이름이 튀어나와서 곤혹스러울 따름인데, 마히루가 쿠션을 안고서 몸을 기대니까 좌우지간 머리를 쓰다듬어 준다.

비위를 맞추려는 게 아니라, 순수하게 귀여워서 애정을 담아 쓰다듬어 줬다. 마히루는 수줍은 듯 눈을 내리뜨면서도 아마네의 손길을 받아들였다. 왠지 편안해 보이니까, 싫지는 않은 거겠지.

"아마도, 아마네 군은 장래에 슈토 씨를 닮을 거예요."

"그래? 나는 그렇게 동안이 아닌데."

"외모 말고, 내면을 말한 거예요."

"나는 그렇게 온화하고 차분하게 있을 자신이 없는데."

"그게 아니고요."

귀에 아슬아슬하게 들어올 정도로 작게 "바보."라고 중얼거린 마히루가 팔에 기대서 일부러 몸을 뒤로 젖혔다가 균형을 잃고 아마네의 다리 위에 쓰러졌다.

깜빡깜빡. 캐러멜 빛깔을 띤 눈이 몇 번이고 눈꺼풀에 가렸다가 드러나는 것을 보고, 아마네는 웃으며 손바닥으로 마히루의 뺨을 어루만졌다.

"나는 그렇게 신사처럼 있을 수 없지만, 나만의 방식으로 마히루의 응석을 받아줄 수 있으면 좋겠어."

"그런 점을 말하는 건데요."

"아버지는 나보다 심하거든."

"저에겐 빠져서 헤어날 수 없을 정도예요."

다리에 머리를 올린 채 뺨 근처에 있는 아마네의 손을 감싸듯 자신의 손을 포갠 마히루는 온화한 표정으로 눈을 감았다.

자신의 뺨에 닿게 슥 잡아당긴 마히루는 입가에 웃음을 띠고 있었다.

"더 빠뜨려 줄래요……?"

"바란다면 얼마든지. 뭐, 다음 주에 풀장에서 허우적대면 곤란하지만."

"바보……."

이번에는 똑똑히 들리도록 토라진 투로 귀엽게 항의하는 바람에, 아마네는 소리 내어 웃고 마히루의 뺨을 다시 어루만졌다.

제10화   굳이 말하자면 귀여운 것

  풀장에 간 날, 아마네는 조금 긴장하면서 탈의실에서 옷을 갈아입었다.

  마히루와 교외에 있는 레저 시설을 방문해 옷을 갈아입으려고 헤어졌는데…… 들어가기 전부터 남자들의 시선이 쏠렸으니까 수영복 차림에 남자들이 홀리는 것은 쉽게 상상할 수 있다.

  이럴 때 치토세가 있으면 잘 커버할 수 있을 테지만, 오늘은 마히루와 단둘이서 왔다. 둘이서 가고 싶다며 고개를 들어 바라보면서 말하면 거절할 수가 없다.

  아마네는 '내가 어떻게든 다른 남자의 마수에서 지켜야지.'라고 다짐하면서, 수영복으로 갈아입은 다음 겉에 래시가드를 걸치고 탈의실을 나섰다.

  합류하기로 약속한 장소에서 마히루가 오기만을 기다리는데, 역시 늦는다.

  이건 불만이 아니라, '아 역시나.' 하는 느낌이다.

  여자는 옷을 갈아입을 때 남자보다 시간이 더 오래 걸릴 테니까, 탈의실의 혼잡 상황도 다르겠지.

  여자도 참 고생이 많다고 절실히 느끼면서, 아마네는 눈에 띄는 커다란 조명 기둥에 몸을 기댔다.

오늘은 여름 방학철이라고 해도 평일이라서 사람이 적은 편이지만, 사람이 넘친다는 점에서는 다를 게 없다.

수영복을 입은 남녀노소가 지나가는 것을 멍하니 구경하고 있었더니 사람들 틈새로 눈에 익은 황갈색 머리를 발견했다.

"아마네 군."

아마네의 예상대로 귀여운 여친이 이쪽으로 오고 있었다.

다만 마히루를 데려온 건 실수였을지도 모른다고 생각하고 말았다. 이쪽으로 다가오는 마히루를 따라가듯이 여러 시선이 이동했기 때문이다.

평소에는 별로 의식한 적이 없지만, 마히루의 미모는 최상급으로 봐도 과언이 아니다. 잡지에 실린 모델과 비교해도 손색이 없다. 오히려 마히루가 더 밸런스가 잘 잡혔을 정도다.

그런 마히루가 수영복 차림이다. 사람들의 눈길을 끌지 않을 리가 없다.

"오래 기다렸죠? 탈의실이 혼잡해서요."

"그, 그래."

물가라서 뛰지 않고 종종걸음으로 온 마히루가 희미하게 웃으며 아마네의 눈앞에 섰다.

정면에서 본 마히루의 수영복 차림은 어디에 눈을 둬야 할지 난처했다.

햇볕에 타면 피부가 빨갛게 상한다는 마히루는 남들보다 직사광선 차단에 신경을 쓰므로, 수영복만 입은 모습으로는 그 하얀 피부가 도드라지게 드러난다. 햇빛을 받은 피부는 티 하나 없는 유백색이라서, 눈이 부실 정도이다.

햇볕에 그을린 적이 없는 피부가 구성하는 육체는, 훌륭하다는 말 하나로 족하다.

원래부터 가냘픈 것은 알고 있었지만, 정말로 가늘다. 불필요한 지방이 없게 쫙 빠졌으면서도, 빈약하게 보이지 않을 정도로 여성스러운 부드러움을 남기고 있다. 단순히 마르기만 한다고 다 좋은 게 아님을 몸으로 표현하고 있었다. 나올 곳은 확실하게 나온 체형으로, 테두리에 프릴 장식이 달린 하얀 비키니가 감춘 가슴은 급경사를 이루며 부드럽고 풍만한 곡선을 드러내고 있었다.

옷이 몸매를 감추는 타입이라고는 생각했었지만, 설마 이 정도일 줄은 아마네도 몰랐다. 그렇다고 해서 작은 몸집에 걸맞지 않게 비정상적으로 큰 것도 아니라서, 손바닥에 딱 들어갈 만큼 균형이 맞고 이상적인 크기다.

얌전한 마히루가 비키니 수영복을 골랐다는 사실에는 충격을 받았지만, 야릇한가 하면 꼭 그렇지도 않다. 큼직한 프릴 장식이 달린 덕분에 가슴 계곡이 잘 가려졌고, 마히루의 얼굴 생김새도 한몫해서 우아함과 청초함마저 느껴졌다.

수영복 차림의 마히루 앞에서 시선이 딴 데로 돌아간다.

만화 잡지에 실린 수영복 화보 말고는 접할 일이 없는 아마네에게는, 마히루의 수영복 차림이 너무 눈에 부셨다.

"어때요?"

손이 닿는 거리로 다가온 마히루가 조금 수줍은 기색으로 가슴께에 손을 대고 물어봤다.

두 사람의 신장 차이 때문에 프릴에 가릴락 말락 한 과실이 맞닿으면서 생기는 그늘이 눈에 들어오고, 아마네는 침을 꼴깍 삼키고 말았다.

"아마네 군?"

반응이 없는 아마네를 수상하게 여긴 듯한 마히루가 슬쩍 팔을 잡아서, 그제야 경직이 풀렸다.

"이, 이상할까요……?"

이상할 리가 없다. 오히려 너무 어울려서 여러모로 시선을 주기가 곤란하다.

"그렇지 않아. 우리끼리만 있었으면 좋겠다고 생각할 정도로는 잘 어울리고, 귀여워."

"고, 고마워요."

여자의 옷차림은 칭찬해야 마땅하고, 귀여운 여친이 자신을 위해 애써 수영복을 골라 주었는데 감상도 말하지 못하면 남자도 아니다. 그런고로 아마네가 감상을 말하자 마히루가 안심한 듯 숨을 내쉬었다.

다만 본인도 역시 평소보다 맨살을 많이 드러낸 모습이 부끄러운지, 뺨이 화끈 달아오른 것을 한눈에 알 수 있다.

부끄럽다면 조금만 더 가리는 부분이 많은 수영복을, 기왕이면 원피스 타입이라도 괜찮지 않았을까. 아마네는 그렇게 생각했지만, 아마도 치토세가 뭔가 바람을 불어넣은 결과일 테니까 마히루도 차마 어쩌지 못했을 가능성이 있다.

(그건 그렇고.)

주위를 힐끗 보니, 수영복 차림의 마히루를 응시하는 남자가 참 많기도 하다.

여자와 함께 온 남자도 홀린 듯 마히루를 봐서, 여친으로 보이는 여자에게 맞는 남자도 있다.

그만큼 마히루가 물가의 천사님이 된 증거이기도 하지만, 남친으로서는 달갑지 않다. 그 이전에 수영복을 입은 여친을 빤히 보니까 불쾌하다.

"잘 어울리긴 하는데 말이지."

"왜요?"

"안 되겠는걸⋯⋯."

아마네는 자신이 걸친 후드가 딸린 래시가드를 벗어서 마히루의 어깨에 걸쳤다.

원래부터 가냘프고 몸집이 작은 마히루라면 아마네가 입던 래시가드로도 허벅지 언저리까지는 가릴 수 있을 테니까, 시선을 막는 용도로는 충분하리라.

물론 예쁜 다리에 시선이 쏠릴 가능성도 있지만, 다리까지 가릴 수는 없으니 어쩔 수 없겠지.

"걸치고 있어."

"하지만⋯⋯ 아마네 군은."

"내가 다른 남자들에게 별로 보여주고 싶지 않다면?"

이게 아마네의 본심이다.

나올 데는 나오고 들어갈 데는 들어간, 여성의 이상적인 체형을 보유한 마히루에게 시선이 쏠리는 것은 잘 알지만, 싫은 건 싫은 것이다. 가능하다면 독차지하고 싶다.

아마네가 귓가에 대고 속삭이자 마히루의 뺨이 여름 햇살 탓으로 보기 어려울 정도로 발개지고, "네, 알았어요……."라고 대답했다.

부랴부랴 앞쪽 지퍼도 올리자 주위에서 아쉬워하는 탄식이 흘러나온다. 남의 여친을 음흉한 눈으로 보는 남자들의 시선을 막아서 안심하면서, 아마네는 역시나 헐렁한 나머지 소매를 걷고서야 겨우 밖에 드러난 마히루의 작은 손을 잡았다.

"자, 가자."

"네."

살짝 고개를 끄덕인 마히루도 손을 잡아 주어서, 아마네는 둘이서 같이 천천히 걸었다.

어찌 됐든 물가라서 넘어지지 않게 손을 잡고 걸을 작정이었는데, 이번에는 견제하는 의미도 크다.

마히루의 옆을 최대한 당당하게 걸으면서 수심이 얕은 풀장으로 이동할 때, 옆에서 마히루가 "아마네 군." 하고 속삭이며 이쪽을 쳐다봤다.

"응?"

"둘이서만 있었으면, 수영복을 많이 봤을 건가요?"

"그랬으면 많이 봤을지도 모르고, 만졌을지도 모르지."

뭐, 아무리 그래도 빤히 보거나 몸을 만지는 것은 위험하니까 적당히 넘어갔을 테지만, 장난치듯이 허풍을 떨었더니 마히루가 뭔가 생각에 잠긴 얼굴을 했다.

10초 정도 진지하게 고민한 듯한 마히루가 손을 잡은 채로 거리를 더 좁혔다.

거리를 좁혔다는 말보다는 팔에 밀착했다는 말이 올바르겠지. 래시가드를 거쳐 전해지는 풍만하고 부드러운 감촉 때문에, 이번에는 아마네가 뺨을 붉힐 차례가 왔다.

"마히루, 닿았는데."

"이럴 때는 '닿으라고 그런 거예요.'라고 말하는 게 정답일까요?"

"마히루 안의 천사가 일하지 않아."

"여자는 좋아하는 사람 앞에서 천사든 악마든 될 수 있어요."

아무래도 오늘 마히루는 악마인 듯하다.

그러는 주제에 본인도 무척 부끄러운 눈치로 몸을 떨고 있고 얼굴도 새빨간데, 떨어질 생각만큼은 없는지 일부러 아마네의 팔에 가슴을 대고 있었다.

딱 팔꿈치 부분에 닿아서 함부로 오른팔을 움직일 수 없다. 팔을 굽혔다간 마히루의 가슴에 팔꿈치가 파묻히고 만다.

"밀착해도 딱히 상관없지만, 나는 즐길 거야."

"그, 그렇게 대놓고 말하면 부끄럽지만……. 그러세요."

"이 바보……."

설마 정면에서 받아들일 줄은 몰라서 무심코 신음한 아마네는, 말과는 다르게 팔에 닿은 부드러운 감촉을 의식하지 않으려고 필사적으로 옛날에 쓸데없이 외워야 했던 원주율을 머릿속에 떠올리는 처지가 되었다.

필연적으로 시선을 모으는 마히루를 데리고 비교적 수심이 얕은 풀장을 찾은 아마네는 손에 든 작은 방수 가방을 흔들면서 옆에 있는 마히루를 봤다.

"그래서 말인데, 어쩔까?"

"뭘 말하는 거죠?"

"아니, 진지하게 말해서 헤엄치는 방법을 배우는 데 레저 시설은 적합하지 않으니까. 게다가 갑자기 헤엄쳐 보라고 해도 곤란하지 않겠어?"

"그야 그렇지만요."

아마네는 그럭저럭 헤엄칠 줄 아는 편이라서 가르쳐 줄 수는 있지만, 수영 교실처럼 레인이 딸린 곳이 아니므로 가르쳐 주는 중에 확실하게 다른 사람과 부딪힐 것이다.

애초에 레저 시설의 풀장은 정말로 헤엄치는 것보다는 물놀이의 의미가 더 크니까, 진짜로 헤엄치는 것을 배우고 싶은 사람은 이렇게 사람이 몰리는 시설이 아니라 수영 교실에 가겠지.

"헤엄치는 방법을 배우고 싶다면 그러겠지만, 나로선…… 그게, 기왕이면 마히루와 같이 놀고 싶은데."

"그, 그건, 저도 그래요. 아마네 군과 함께 있을 수만 있다면, 그게 좋아요."

몸을 꼭 붙이고 고개를 들어 바라보는 마히루에게서 악마 같은 파괴력을 실감하면서, 아마네는 귀여운 연인의 머리를 쓰다듬고 자신의 차분함을 되찾아 나갔다.

"그러면 같이 느긋하게 놀까. 그게, 제대로 헤엄치려면 그 래시가드를 벗어야 하니까."

지금은 아마네의 래시가드가 가냘프면서도 풍만한 몸을 감추고 있지만, 헤엄친다면 방해가 되니까 벗어야 하겠지.

그랬다간 주위 남자들이 마히루를 볼 테고, 아마네 역시 시선을 돌릴 수밖에 없다.

여친의 수영복을 감상하는 것은 남친의 권리이지만, 오래 직시했다간 여러모로 죽을 것 같아서 차마 그럴 수도 없다.

아마네의 시선으로 봤을 때는 특히나 가슴 언저리가 방어력이 낮고 공격력이 강해서 볼 수가 없다.

"쭉 감추기만 할 셈인가요?"

"아니, 그게. 마히루를 남들에게 보여주는 건 아까워서 말이지……."

"아마네 군은 보고 싶지 않아요?"

"아니, 보고 싶지만. 봤다간 죽을 자신이 있어."

"왜 죽나요……."

마히루는 황당해했지만, 아마도 마히루가 아마네의 감각을 이해하는 일은 없겠지.

물론 아마네도 남자니까 보고 싶은 욕구가 있지만, 몸을 숙이고 주저앉는 꼴을 보일 수는 없다. 그랬다간 사회적으로 죽고, 정신적으로도 죽는다.

"마히루도 내가 웃통을 벗은 것을 보고 죽을 뻔했잖아."

"그, 그건 말이죠."

"그나저나 다른 남자의 맨살도 힘들어할 줄 알았는데, 오늘은 잘 보는구나."

마히루의 순진함을 생각하면, 상대가 다른 남자라도 수영복 차림을 보면 수줍어할 줄 알았는데. 오늘 마히루는 아마네의 언동에 수줍어하기는 했어도 차림을 보고 부끄러워하는 기색은 없었다.

아마네가 지적하자 마히루가 머뭇머뭇 어깨를 움츠렸다.

"저기, 아마네 군 말고는 관심이 없고…… 안 봤어요."

"그래."

"사, 사실은, 아마네 군의 수영복 차림을 보고, 오늘도 무척 가슴이 뛰었거든요? 예전보다, 무척…… 다부지고, 단단해서. 매력이 넘친다고 할까요."

그렇게 말하고 슬쩍 아마네의 상반신을 보는 마히루는 시선이 조금 돌아가 있다.

예전이란 마히루가 아마네가 감기에 걸렸을 때 몸을 봤을 때를 말하는 걸까? 그야 그때와 비교하면 생활 습관부터 아마네 자신의 의식까지 전부 다르다. 신체 단련은 그 시절에 생각조차 하지 않았으니까, 비실거린다는 소리를 들어도 어쩔 수 없을 체형이었다.

(일단은 성과가 있는 걸까…….)

진심으로 헬스장에 다녀서 몸을 만들고 있는 사람이 보면 웃을지도 모르지만, 남자 고등학생치고는 그럭저럭 몸이 탄탄해졌다고 생각하고 싶다.

"저기, 아마네 군도, 사람들 눈길을 끌거든요? 너무 마르지도 않고, 다부지면서도 유연한 느낌이 들어서 정말 좋아요."

"그렇게 말해 줘서 고마워. 마히루에게 칭찬을 들으면 쑥스럽고, 왠지 흐뭇하지만."

"왜, 왜요?"

"아니, 그토록 순진했던 마히루가 나를 잘 보는구나…… 싶어서."

"너, 너무 무시하는 거 아니에요? 저도, 그…… 좋아하는 사람은, 제대로 봐요."

그렇게 말하고 아마네의 몸에 눈길을 주지만, 곧바로 시선이 딴 데로 가는 점이 마히루답다.

아마네가 몰래 웃은 것을 알아차린 듯, 마히루가 뺨을 더 붉히면서 눈꼬리를 세웠다.

"아, 아마네 군이 할 소리가 아니잖아요! 두근거리는걸요!"

자포자기한 듯이 아마네의 평평한 가슴에 손을 딱 대고 고동을 느끼는 마히루에게, 아마네는 딱히 감출 생각도 없었으므로 순순히 고개를 끄덕였다.

여친의 수영복 차림을 처음 보고 가슴이 뛰지 않는 남자가 있다면 그건 이미 남자가 아니라고 생각하므로, 이것이 정상적인 반응이다. 오히려 자신의 하반신을 잘 다스리는 만큼 칭찬해 줬으면 하는 바람이다.

"좋아하는 아이의 수영복 차림을 보고 가슴이 뛰지 않을 리가 없잖아."

"그, 그건 그렇지만요. 그렇다면 저도 가슴이 두근거려도 되잖아요?"

"응. 두근거려 줘서 기뻐."

그만큼 연인이 의식해 준다는 증거이니까, 아마네로선 쑥스러우면서도 기쁘다. 너무 의식했다간 마히루가 화끈 달아올라서 움직이지 못할 위험이 있으니까 적당히 했으면 좋겠지만.

마히루는 태연하게 긍정한 아마네에게 뭔가 말하고 싶은 눈치로 입술을 오물오물한 다음, 체념한 듯이 입술을 꾹 다물고 그대로 아마네의 팔에 엉겨 붙었다. 말로는 이길 수 없다고 깨달은 듯 힘으로 아마네를 이기려고 들어서, 아마네도 입술을 꾹 다무는 한편으로 이번에는 마히루가 바라는 동요를 드러내지 않도록 하고서 멋대로 하게 내버려 둔다.

"기습이 아니니까 안 통합니다."

"말은 그렇게 해도 심장은 아까보다 더 쿵쿵 뛰는 것 같은데요."

"시끄러워."

고동으로 들켜서 고개를 홱 돌리는 아마네를 보고, 마히루는 즐겁게 소리를 내 웃으며 아마네의 팔뚝에 뺨을 댔다.

제11화　물놀이 장소에서 헌팅은 필연

　결국 마구 동요한 아마네는 여러모로 자신을 차분하게 다스리고 마히루와 함께 풀장에 발을 들였다.

　체격으로만 보면 이미 성인이라고 과언이 아닌 아마네에게는 허리까지 잠기는 깊이인데, 마히루에게는 명치까지 잠기니까 얕다고는 말하기 어렵다. 그래서인지 조금 불안한 얼굴로 아마네를 쳐다보고 있다.

　"마히루, 물에 빠질 일은 없으니까 걱정하지 마."

　"아마네 군, 사람이 물에 빠질 때는 30센티미터 깊이에서도 익사하는 법이에요."

　"있잖아. 그렇게 두진 않을 거고, 혹시라도 물에 빠지면 인공호흡이든 뭐든 해 줄게."

　용기를 주려고 장난치듯 말했는데, 마히루는 아마네의 팔에 밀착하면서 고개를 들어 쳐다봤다. 그 눈에는 조금 토라진 듯하면서도 뭔가 기대하는 듯한 빛이 드러나 있었다.

　"안 빠지면 해 주지 않는 건가요?"

　아주 조금 못마땅하게 중얼거리는 소리를 듣고, 아마네는 무심코 마히루를 응시했다.

작은 입술이 만든 산이, 불만과 함께…… 기대하는 것처럼 보이는 것은 기분 탓일까?

립크림을 바르지 않아도 윤기를 잃지 않는 연홍색 입술에 무심코 침을 꿀꺽 삼키면서도, 아마네는 여기서 이성을 내던지고 달콤한 입술에 달려들 수도 없어서 시선을 옆으로 돌렸다.

"조, 조금만 기다려 줬으면 좋겠다고 할까……. 저기, 여기선 안 돼."

"저, 저도 여기서 해 달라고 말한 건 아니에요. 그게…… 아마네 군은, 하기 싫은가 싶어서요."

"그, 그럴 리가 없잖아?! 언제든지 하고 싶어!"

좋아하는 여자애와 키스하기 싫은 남자는 없겠지. 남들과 비교해서 그런 욕구가 희박한 아마네조차 마히루를 많이 만지고 싶고, 키스도 마음껏 하고 싶다.

물론 차근차근 진도를 나갈 필요가 있고, 항상 욕망을 강요했다간 미움을 살 자신이 있으니까 참고 있지만, 하기 싫다는 것은 있을 수 없다.

힘껏 단언해서 부정하는 아마네를 본 마히루는 얼굴을 확 붉히더니, 아마네의 팔뚝에 이마를 대고 얼굴을 숨겼다.

귀까지 새빨개지는 것을 본 아마네도 자신이 무슨 소리를 했는지 깨닫고 얼굴을 붉혔다.

"아, 아니…….."

"아닌가요……?"

"아닌 것도 아니지만, 저기…… 하면, 내가 큰일이 나니까 조금 기다려 주세요."

아마네는 이츠키에겐 소심한 겁쟁이라고 놀림을 당하는데, 지금만큼은 그 말도 부정할 수 없다.

마히루가 봤을 때 아마네는 너무 애를 태우는 걸지도 모른다. 너무 소중하게 대하는 바람에 걸음이 느려서, 마히루가 쭉 기다리고 있는 거겠지.

(마히루는 더 나아가고 싶은 걸까?)

더욱, 연인다운 것을 하고 싶은 걸까?

확인하듯 마히루를 내려다보니, 새빨개진 얼굴을 반쯤 감춘 상태에서 시선을 들어 아마네를 쳐다보고 있었다.

"아마네 군이 원하는 대로 해 주세요. 하지만 너무 참게 하면 안 좋다고, 치토세 양도 말했으니까요……. 적당히……."

"치토세에에에."

"그, 그게, 치토세 양은 남녀 교제의 선배니까요……."

"그건 딱 봐도 이상한 바람을 불어넣는 건데?! 자, 잘 들어 마히루. 우리는 우리의 걸음걸이에 맞춰 나아가면 돼. 억지로 빨리 갈 생각은 없고, 그 뭐냐…… 마히루도, 너무 서두르면 정신없이 허우적댈 테니까."

당연히 더 나아가고 싶다고 생각할지도 모르지만, 너무 서둘렀다간 도중에 마히루가 버티지 못하고 확 달아오를 테니까, 천천히 가도 좋을 것이다.

아마네도 이성이 날아가면 무슨 짓을 저지를지 모르니까 천천히 진행하고 싶다.

진지한 눈으로 호소하자 마히루가 수줍게 눈을 내리뜨고서 아마네의 팔뚝에 다시 이마를 댔다.

"네, 그래요. 저기…… 헤, 헤엄치러 가 볼까요."

"그, 그래……."

"저는 이런 곳에 처음 와 보니까, 아마네 군이 전부 가르쳐 주세요."

지금껏 다른 사람과 외출하는 일이 거의 없었다고 중얼거리는 소리를 듣고, 아마네는 마히루의 손을 잡아서 얕은 풀장의 물속을 걸었다.

가정환경 때문에 레저 시설에 놀러 가는 일이 없었던 거겠지. 그렇게 짐작하면 가슴이 아프지만, 그것도 앞으로 천천히 경험해 보면 된다.

"그러면 이번 여름 방학 동안에 마히루의 첫 추억을 전부 채워 볼까."

"그, 그렇게 말하면 왠지 부끄럽지만요……. 네."

얼굴을 발그레 물들이면서도 기쁜 듯 웃는 마히루를 보고, 아마네도 같이 웃으면서 사람이 더 없어 보이는 장소까지 그 손을 잡고 걸었다.

물에 빠지는 것을 불안해하던 마히루도 아마네와 함께 있어서 그런지 물놀이 정도는 겁내지 않게 되었다.

아마네가 튜브를 빌려와서 건네자 마히루가 조금 토라진 표정으로 "아이처럼 취급하는 것 같아요……."라고 조용히 불평했지만, 그래도 안전을 선택했는지 순순히 튜브에 몸을 맡기고 있다.

몸에서 힘을 빼고 물에 둥실 뜬 마히루는 긴장이 풀린 표정으로 아마네를 쳐다보고 있었다.

일단 아마네는 마히루를 지켜보려고 근처에서 대기하고 있는데, 이 분위기라면 노는 데 문제가 없겠지.

"기분이 참 좋아요."

아마네의 옆에서 튜브를 타고 둥실둥실 떠다니면서 미소를 지은 마히루에게, 아마네도 난간에 몸을 기대면서 "그러게 말이야."라고 끄덕였다.

아마네는 헤엄치는 것을 좋아하지만, 물가에서 떠들썩하게 노는 행위는 딱히 좋아하지 않는다. 다만 마히루와 이렇게 느긋한 시간을 보내는 것도 나쁘진 않았다. 만약 치토세와 이츠키가 같이 있었다면 비치볼을 하자느니 워터 슬라이드를 타자느니 하고 제안하고 있었겠지.

그것도 나쁘진 않지만, 이렇게 평화로운 시간을 보내는 것이 좋았다.

"그거라면 물에 빠질 일도 없을 테니까, 마음껏 즐기면 돼."

"매우 부끄러운데요. 이 나이에 튜브를 탔다고요."

"성인 여자도 평범하게 이용하는걸. 저기 봐, 튜브에 앉아 있잖아."

아마네가 손으로 가리킨 곳에서는 수영복 여성이 튜브에 앉아서 물에 떠 있었다.

어른은 수영 보조용 도구로 이용하는 것이 아니라, 저렇게 편안하게 지내는 용도로 쓰는 사람이 더 많겠지.

튜브에 몸을 넣은 마히루는 아마네가 가리키는 곳을 보더니, 잽싸게 물 밖으로 나가 튜브에 몸을 올렸다.

몸을 푹 파묻고 튜브가 떠받치게 한 마히루는 눈을 깜빡이고 만족스럽게 웃음을 찌었다. 보아하니 마음에 든 모양이다.

아마네의 래시가드 자락 아래로 쭉 뻗은 유백색 다리가 찰싹찰싹 물을 걷어차듯 수면을 때린다.

아마네가 그 가늘면서도 부드러운 다리의 아름다움에 시선을 빼앗겼을 때, 마히루가 날린 물에 맞았다.

턱에 물이 묻어서 마히루를 보니, 키득키득 즐거운 눈치로 해맑게 웃고 있었다.

아마네가 뭘 보는지 눈치채고 그런 건지, 그냥 물을 뿌리고 싶었던 건지는 모르겠지만…… 아무튼 가볍게 복수하듯이 마히루에게 물을 살짝 뿌려 주자 웃음이 한층 짙어졌다.

"했군요. 에잇."

어쩌면 같이 놀아 주기를 원하는 걸지도 모른다.

아마네에게 물을 뿌리고 공격하는 마히루에게, 아마네도 슬쩍 웃으면서 물을 뿌렸다.

그렇다고는 해도, 마히루는 튜브에 앉아서 움직일 수가 없으니까 곤란하지 않을 정도로만 뿌리는 거지만.

찰싹. 손바닥으로 마히루의 배를 향해 물을 뿌리자 마히루가 다시 반격했다. 마히루도 힘을 조절하는 건지, 대체로 가슴 언

© Hanekoto

저리에 물이 맞았다.

물에 들어와서 익숙해졌다고는 해도 역시 차가운 감각에 눈을 살짝 감았다가, 다시 마히루를 향해 물을 뿌렸다.

너무 심하게 했다간 마히루의 튜브가 뒤집힐지도 모르니까 최대한 살살 했는데, 마히루는 기분 좋게 수면을 훑듯이 다리로 물장구를 치고 있었다.

그러다가 마히루가 균형을 잃었다.

"너도 참."

튜브와 함께 넘어가면 위험하니까 몸을 붙잡아서 가까이 잡아당기자 마히루가 눈을 꾹 감고 아마네의 몸에 밀착했다.

물에 떨어질 뻔한 것이 어지간히 무서웠나 보다.

"너무 움직이면 떨어지는 걸 알잖아."

"으…… 죄송해요."

"내가 있으니까 괜찮지만."

"아마네 군이 없으면 이렇게 신나게 놀지 않아요."

작게 속삭이는 말을 듣고, 아마네는 무심코 마히루를 가만히 봤다.

마히루는 아마네의 등을 팔로 감싸고 가슴에 얼굴을 대면서 계속 말했다.

"아마네 군이 같이 있으니까, 보이는 게 전부 빛나고, 아마네 군이 같이 있으니까 즐거워요. 게다가 아마네 군이라면 구해줄 걸 믿으니까요."

"그렇게 귀여운 말을 하면, 나도, 그 뭐냐, 곤란하단 말이지."

아마네를 한없이 좋아한다는 뜻이 잘 전해지는 속삭임을 듣고, 아마네의 얼굴이 자연스럽게 빨개진다.

왜 이렇게 하나하나가 귀여운지 신음하고 싶어졌다.

(정말로 날 좋아하는구나…….)

물론 다 아는 사실이지만, 이토록 호감을 보여주는 것을 느끼기만 해도 가슴이 뜨거워지고, 애정이 넘쳐난다.

여기가 집이라면 머리를 마구 쓰다듬고 쭉 붙어 지냈을 텐데, 아무리 그래도 공공장소이므로 지나친 행동은 좋지 않다.

그런고로 아마네가 한 번 끌어안고 "집에 가면 귀여워해 줄게."라고 속삭이고 몸을 떼놓자, 마히루는 찬물에 있는데도 잘 익은 문어처럼 얼굴이 빨개졌다.

"그건 저도 바라는 바인데요……."

다만 그렇게 중얼거리는 소리가 들려서, 결국에는 아마네가 침몰하고 말았다.

신음이 나오려는 것을 참으면서, 떠오르는 번뇌를 머리에서 지우려고 눈을 감는다.

그런 아마네에게, 마히루는 얼굴을 붉힌 채 왠지 만족스럽게 미소를 짓고 "저도 아마네 군을 귀여워하고 싶어요."라고 속삭였다. 지금 상태로도 충분히 가지고 노는 게 아닐까 싶어서 아마네가 눈을 흘기자 마히루가 더 크게 웃었다.

"저도 주도권을 잡고 싶어요. 요새는 아마네 군한테 당하기만 했으니까요."

"사귀기 전에는 마히루가 자꾸 밀어붙였으니까 싫어. 내 턴을 계속합니다."

"제 차례를 너무 넘기고 있어요. 저도 아마네 군을 마음껏 부끄럽게 하고 싶어요."

"그게 목적인 거잖아……. 이 바보야."

마히루는 아마네를 낯뜨겁게 하고 부끄러워하는 모습을 즐길 게 뻔하므로, 꿋꿋하게 평정심을 유지하면서 선공을 날리고 싶다.

마히루에게 놀아나면 한심한 모습을 드러낼 때가 많으므로, 여기서도 우위를 점하고자 여유가 생긴 마히루의 옆머리를 쓸어내는 척하며 슬며시 뺨에 입술을 댔다.

아마네는 끓어오르는 수치심을 어떻게든 도로 삼키고, 얼굴이 새빨개져서 경직한 귀여운 여친의 얼굴을 들여다봤다.

"이래도, 귀여워할 수 있겠어?"

"귀, 귀엽지 않아요……."

"나는 귀여운 구석이 없습니다. 자, 슬슬 휴식하자. 마실 것을 사 올게."

물에 젖어서 축 늘어진 머리카락을 슥슥 쓰다듬어 주자 경직이 풀린 듯한 마히루가 조금 뽀로통한 느낌으로 "오렌지 주스를 부탁할게요."라고 중얼거리면서 머리를 박았다.

부끄럽지 않은 척하려고 그러는 것을 잘 아니까, 아마네는 슬쩍 웃고 다시 마히루의 머리를 쓰다듬었다.

"그리고 눈을 떼면 이렇게 된단 말이지."

드링크를 사러 다녀왔더니 마히루가 남자 두 명에게 붙들려 있었다.

(그래서 눈을 떼기 싫었는데 말이지. 내 탓이지만.)

평일인데도 푸드코트에서 줄을 서는 시간이 길어진 탓도 있는데, 아니나 다를까 남자들이 꼬였다.

보는 눈이 있으니까 억지로 데려가려고 하지는 않겠지만, 남친으로서 달갑지 않다. 멋대로 말을 걸지 말았으면 하는 생각마저 든다.

당사자인 마히루는 불편한 기색을 감추지 않았다. 낯선 헌팅남에게 뿌릴 천사님의 미소는 없는 듯하다. 래시가드를 단단히 입고서 웃음기 없는 표정으로 빈틈을 보이지 않는 마히루를 보고, 아마네는 슬쩍 한숨을 쉬었다.

(상대가 거북해하는 것도 모르니까 여자를 못 잡는 거 같은데 말이지…….)

애초에 혼자 벤치에 앉아 사람을 기다리는 듯한 여자애가 남자 래시가드를 입고 있는데도 파트너가 있다는 사실조차 눈치채지 못한다. 알면서도 헌팅하려는 것이라면 품성이 떨어지는 것이고, 모르면서 그랬다면 그런 사정도 눈치채지 못하는 시점에서 여자가 걸릴 리가 없다. 어쩌면 그렇게 신랄한 생각이 드는 것은 자신의 여친이 헌팅당하고 있다는 울분 탓일지도 모른다.

마히루는 약속 장소인 벤치에 다소곳하게 앉아 있는데, 아마도 아마네가 올 때까지 움직일 수가 없으니까 남자들을 피할 수 없는 거겠지. 기다리게 해서 미안하다고 나중에 사과하기로 하고, 걸음을 재촉해서 마히루에게 다가갔다.

"기다렸지?"

두 손으로 드링크를 들고서 벤치에서 기다리는 마히루에게 말을 걸자마자 마히루의 얼굴이 환해지는 것을 보니, 남자들이 추근대는 것이 성가셨음을 알 수 있었다.

딴사람처럼 표정이 바뀐 마히루를 본 남자들이 허를 찔린 듯한 표정을 짓고, 이어서 아마네를 봤다.

아마네의 모습을 슥 훑어본 그들이 조금 우월감을 드러낸 것은 오늘 아마네가 그 남자 스타일이 아니기 때문이리라.

왁스를 바르고 올 수도 없었으니까 그냥 고데기로 머리 모양을 잡고 왔는데, 역시 왁스를 썼을 때보다는 수수한 분위기로 완성됐다.

"미안하지만, 나랑 같이 왔으니까 같이 놀자고 말하는 건 자제해 주시죠."

아마네로선 무시당하거나 멸시당하는 것은 딱히 드문 일도 아니라서 시선의 느낌에는 아랑곳하지 않고 남들에게 보이는 웃음을 짓자 남자들이 웃음이 더 악질적으로 변했다.

"너랑 같이 왔어? 진담이야? 안 어울려."

"너처럼 음침한 녀석이 이런 애를 데려와…… 글쎄?"

음침해서 미안하네요. 그렇게 생각했지만, 실제로 외모는 수수한 건 맞으니까 그 점에 반박할 마음은 없다.

다만 어울리고 안 어울리고를 따진다면 확실하게 상대가 더 마히루에게 어울리지 않는다. 외모만 봐도 우아하고 청초하고 환상적인 마히루에게, 여자나 꾀고 다니는 경박한 남자가 어울릴 리가 없겠지.

귀찮아져서 상대를 자극하지 않는 정도로 반박할까 고민했지만, 마히루가 "후후." 하고 작게 웃었다.

갑자기 웃는 마히루를 보니 우아하게 입가에 손을 대서 웃음을 감추고 있다.

"정말로, 밝고 어두운 걸 따지면 어두운 게 맞네요."

"웃지 마……."

"이 사람이 밝지 않은 건 알아요. 조용하고 차분한 사람이니까요."

아마네는 마히루가 뭘 말하려는 건지 몰라서 지켜보고 있었는데, 마히루가 처음으로 남자들을 똑바로 봤다.

그 시선에는 호의가 없고, 왠지 차가운 느낌마저 들었다.

(혹시, 화가 났나?)

아마네가 무시당하는 것을 싫어하는 마히루라면 이 남자들에게 호감이 생길 리가 없다. 그 이전에 진짜로 경멸할 것 같기도 하다.

"그래서 말인데요. 이 사람이 정말로 음침하다고 해서, 무슨 문제가 있다는 거죠?"

마히루가 꺼낸 말은, 화내는 것처럼 들리지 않았다.

다만 정말로 무슨 문제가 있는지 모르겠다는 투여서, 헌팅남들도 "뭐?"라고 왠지 어안이 벙벙한 눈치였다.

"저는 이 사람을 좋아하니까, 어둡든 밝든 관계없어요. 이 사람의 성격, 외모, 분위기, 그 전부를 포함해서 좋아하는 거니까요. 그런 점은 사소한 거예요. 이 사람의 마음에 있는 것은 그런 것을 신경 쓸 만큼 가벼운 애정이 아니니까요."

딱 잘라서 말한 마히루가 아마네에게 싱긋 웃는다.

헌팅남들에게는 절대로 보이지 않는 친근함과 호감이 가득한 웃음을 보고, 아마네의 가슴이 뜨거워진다. 이토록 당당하게 좋아한다고 선언할 줄은 몰라서 잠시 부끄러운 기분도 들지만, 역시 그보다 기쁨이 앞선다.

"여러분도 언젠가 그렇게 생각해 주는 좋은 여자를 만났으면 좋겠네요."

언제나 아마네에게 보여주는, 벌꿀과 초콜릿을 녹여서 섞은 듯 달콤하게 풀어지는 웃음이 아니라 완전히 접대용 천사님의 미소를 짓고 말을 마무리한 마히루. 남자들은 그 모습을 넋이 나간 표정으로 바라보고 있다.

얼굴이 살짝 발그레해진 것은 마히루의 웃는 얼굴이 너무 눈이 부셔서 달아오른 탓일지도 모른다. 아마네에게만 보여주는 진짜 표정을 봤다간 타서 재가 되지 않을까. 조금은 그런 생각이 들었다.

"아, 아니, 저기……."

"여러분, 저길 보세요."

말을 더듬으면서 마히루에게 손을 뻗으려고 해서, 아마네는 그것을 슬쩍 걷어내면서 손으로 어딘가를 가리켰다.

남자들이 손짓에 따라서 아마네가 가리킨 곳으로 시선을 돌리자, 그곳에는 감시대에서 이쪽을 지켜보는 남자가 있었다.

이 풀장은 안전 관리가 철저해서 곳곳에 이런 감시대가 있다. 기본적으로 물에서 심하게 장난치는 사람에게 경고하거나 수상 재난에서 사람들을 지키는 직원이지만, 당연히 수상한 사람이 없는지도 감시하고 있다.

감시대에 있는 직원의 시선이 자신들을 향한다는 것을 알아챈 남자들은 떨떠름한 표정을 짓고 후다닥 그 자리를 떠났다. 아마네는 딱 봐도 남자와 같이 온 티가 나는 절세의 미소녀에게 말을 건 사람들치고는 참 소심하다고 무심코 웃었는데, 딱히 잘못한 것도 아니겠지.

겨우 둘만 남아서, 아마네는 마히루 옆에 앉았다.

"늦어져서 미안해."

먼저 아마네가 사과해야 하겠지.

마히루를 혼자 두는 바람에 남자가 꼬여서 불쾌한 기분을 느끼게 했으니까.

"아뇨. 혼잡했죠? 이런 일은 혼자 있을 때 자주 겪으니까요."

"그 말이 맞겠지만, 혼자 둔 것은 내 잘못이니까. 무서웠지?"

"말을 알아듣는 분들이니까 꼭 그렇지도 않았어요."

(저건 사람 말귀를 알아듣는 부류가 아니라, 남들 눈치를 보는 부류 같은데.)

아마도 직원이 없었다면 이야기를 더 질질 끌었겠지. 도중에 귀찮아져서 마히루의 손을 잡고 자리를 뜰 생각도 있었지만, 상대가 사라져 준다면 더 말할 것도 없다.

마히루가 주문한 오렌지 주스를 건네주고, 아마네도 자신이 주문한 사이다를 빨대로 마셨다.

"정말 무섭지 않았어……?"

"무섭다기보다, 모처럼 좋은 기분을 망친 것 같아요."

"미안해. 기분을 풀어주세요."

"아마네 군 탓이 아닌데요……. 그래요. 그렇다면 아마네 군이 마시는 걸 한 모금 주세요."

아마네가 마시고 있는 사이다를 손으로 가리키고 "그걸로 넘어가죠."라며 짓궂게 웃어서, 아마네는 "마히루는 못 당하겠는걸."하고 쓴웃음을 짓고 컵을 건넸다.

아마네가 너무 죄책감을 느끼지 않게끔 일부러 이렇게 장난치듯 말했다는 의도가 전해져서, 미안함과 고마움을 가득 느꼈다.

마히루는 아까 있었던 일을 더 말하지 않고, 아마네에게 사이다를 받아 쪽 빨더니…… 한껏 미간을 찡그렸다. 눈물도 조금 글썽이고 있다.

그야 탄산은 조금 칼칼하지만, 이렇게 심각한 반응을 보일 정도는 아니다. 실제로 아마네는 그냥 마셨는데, 마히루는 그럴 수 없었나 보다.

"어? 맛이 이상해?"

"아뇨. 탄산은 마실 기회가 거의 없어서…… 이렇게 입에서 톡톡 튀는 거군요."

혀에 주는 자극이 강했는지 마히루가 눈을 살짝 글썽이고 있다. 그러고 보니 마히루는 언제나 물이나 녹차, 커피, 기껏해야 과일 주스를 마시는 정도라서 탄산음료를 마시는 모습은 본 적이 없다.

마히루는 매운 것도 별로 거북하지 않다고 하는데, 이런 자극은 익숙하지 않은 듯하다.

"탄산 초심자가 강한 탄산음료를 마시는 건 무모할걸……. 왜 마시려고 했어?"

이렇게 될 것도 예상했을 텐데. 아마네가 마히루한테서 사이다를 받아서 머리를 쓰다듬어 줬더니, 자극 때문에 글썽이는 눈으로 이쪽을 쳐다봤다.

"아마네 군과 똑같은 맛을, 즐기고 싶었으니까요."

작게 중얼거린 말을 듣고 사이다를 떨어뜨릴 뻔했지만, 가까스로 대형 사고를 막았다.

(내 여친은 하나하나가 다 귀여워.)

하나하나라고 하면 박한 평가 같을지도 모르지만, 실제로는 엄청나게 칭찬하는 것이다. 그리고 그만큼 몸부림치고 있다.

안 그래도 외모와 행동이 전부 귀여워서 힘들어 죽겠는데, 똑같은 것을 공유하고 싶었다는 말을 들어 버리면, 아마네로서도 신음 정도는 흘리고 싶어진다.

아무튼 너무 귀여워서 얼굴도 똑바로 못 보고 그저 마히루의 손만 잡은 채로 고개를 휙 돌렸더니, 마히루가 아마네의 팔을 끌어안고 몸을 기댔다.

"나도, 나중에 오렌지 주스, 한 번만."

"후후. 그래요."

작게 웃음소리를 낸 마히루를 보지 않도록, 아마네는 벤치 난간에 팔꿈치를 대고 딴 데를 봤다.

그래서 그 접근을 알아차리지 못한 거겠지.

"헤이, 귀여운 아가씨와 소심한 도련님. 우리랑 안 놀래?"

자주 들어본 적이 있는, 하지만 여기서는 들을 일이 없다고 생각했던 경쾌한 목소리가 아마네와 마히루에게 들렸다.

목소리가 난 곳을 돌아보니 예상했던 얼굴이 보였다.

조금 껄렁해 보이는 미남과 보이시한 미소녀. 둘 다 학교에서 자주 마주치는 얼굴이다.

아마네가 무심코 괴이쩍은 눈으로 본 것도 잘못은 아니겠지.

"이츠키, 왜 네가."

"아니, 스토커 아니거든? 진짜로 우연이야. 아무리 그래도 그렇게 구경하지 못해서 안달이 나진 않았어."

진지하게 손을 흔들고 부정하니까, 아마도 정말로 미행한 것이 아니리라.

애초에 미행했다면 두 사람의 성격으로 봐서 마히루가 헌팅당할 때 도와주러 나섰을 것이다. 타이밍으로 봐서 아마네가 마히루와 합류했을 때쯤에 발견한 거겠지.

치토세의 표정을 봐도 고의가 아님을 알 수 있다.

"아니, 이번 주에 풀장에 간다는 이야기는 들었는데, 설마 이렇게 넓은 데서, 날도 겹치고, 딱 마주칠 줄은 몰랐단 말이야.

둘만의 러브러브를 방해해서 미안해~."

"야……."

딱 마주친 것은 우연이니까 불평할 생각이 없지만, 마지막에 히죽히죽 웃으면서 놀리듯 말하는 바람에 눈을 흘겼다.

말은 그렇게 해도 치토세 역시 수영복 차림이다. 몸을 빤히 봤다간 실례이므로, 얼굴을 노려봐야 하지만.

오렌지색 세퍼레이트 타입 수영복과 수영복용 숏팬츠를 입은 치토세는 아마네의 시선을 눈치챘는지 "아잉, 엉큼해."라고 몸을 비비 꼬았다.

시선으로 봐서 몸을 보지 않는다는 것을 잘 알 텐데도 장난치는 치토세. 아마네는 그걸 보고 성대하게 한숨을 쉬면서 이츠키에게 '얘 좀 어떻게 해 봐.'라고 눈빛으로 요구했는데, 돌아온 것은 "여름이니까 유독 기운이 넘친단 말이지."라는 말. 치토세의 남친은 말릴 생각이 없어 보인다.

정말 못 말리겠다고 어이없어하면서 마히루를 보니, 헌팅남들 앞에서 감추려고 지퍼를 올렸던 래시가드를 개방했다. 래시가드라고는 해도 한여름에 목까지 지퍼를 올리고 있으면 역시 덥나 보다.

가슴까지 지퍼를 내려서 공기를 조금 들이고 있는 마히루를 보고 치토세가 눈을 깜빡였다.

"응응? 마히룽?"

"네?"

"어라……? 마히룽, 그 수영복 골랐어?"

"그 수영복이라뇨?"

"어? 그야 다른 하나는 검정 끈으으읍."

도중에 치토세의 목소리가 잠긴 것은 마히루가 손바닥으로 입을 막았기 때문이겠지.

엉덩이를 살짝 들어서 치토세에게 손을 뻗은 마히루는 아마네의 시선을 느꼈는지 그대로 딱 멈췄다.

"아무것도 아니에요."

그렇게 말하고 고개를 가로젓는 마히루는, 뺨이 빨갛다.

"다른 수영복이 어떻길래?"

"아, 그, 그건, 저기…… 사람들 앞에서 입으면 부끄러우니까, 요."

"흘러넘칠 것 같으니까. 아마네와 단둘이 있을 때 입겠다고 깜찍한 소리르으으읍."

"치토세 양은 입을 다물어야 해요."

"네~."

다시 마히루에게 입을 막힌 치토세는 미안해하는 기색이 없다.

사람들 앞에서 입으면 부끄러울 정도의 수영복을 샀다는 마히루도 놀랍지만, 단둘이 있을 때 입는다고 말했다면, 그 대담함에 아마네의 심장이 폭주할 것 같다.

"그렇게 아슬아슬해……?"

"아슬아슬하다고 할까, 마히룽은 몸매가 좋으니까 천이 작아 보인다고 할까."

"치토세 양."

"더 말하면 진짜로 화낼 것 같으니까, 아마네는 직접 보여달라고 하고 잘 이해해 봐~."

"아, 안 보여줘요!"

잘 익은 사과처럼 얼굴을 붉히고 거부하는 마히루를 보고 아마네가 조금 아쉽다고 생각한 것은 잘못이 아니겠지.

물론 마히루가 싫다면 억지로 보여달라고 말하지 않겠지만, 역시 여친의 그런 모습을 보고 싶어지는 것은 사실이다.

치토세의 말투로 봐서는 노출이 극단적으로 심한 것이 아니라, 몸매를 잘 드러내는 것 같다.

지금 시점에서도 아마네는 직시하기 어렵지만, 그 수영복이 지금보다 맨살이 더 보인다면 마히루의 거부가 구원일지도 모른다.

그건 그렇다 쳐도, 남자라면 보고 싶지만.

아주 조금 아쉬워하는 것을 봤는지, 치토세는 히죽히죽 웃고, 마히루는 애매한 시선으로 아마네를 보고 있다.

"보여주고 싶어?"

"다음에 생각해 볼 거예요……."

치토세의 말에 힘없이 대답한 마히루가 아마네와 치토세의 시선에서 도망치듯 래시가드의 후드를 뒤집어쓰고 고개를 푹 숙였다.

다만 보이지는 않아도 얼굴이 화끈 달아올라서 화상을 입지 않을까 싶을 정도로 빨개졌을 것은 상상할 수 있었다.

"치토세, 너무 놀리지 마. 마히루도 나는 신경 안 써도 돼."

"하지만 귀엽지? 마히룽."

"뭘 당연한 소리를 하는 거야."

"오오, 너도 참 자연스럽구나……."

마히루가 귀여운 것은 언제나 그렇다고 흘려넘기자 치토세가 조금 황당하다는 눈으로 봤다.

원래 사귀기 전부터 마히루가 귀여운 것은 인정했을 테니까 그렇게 놀랄 일도 아닐 텐데, 두 사람은 아마네가 순순히 동의한 것이 뜻밖인 것처럼 눈을 휘둥그레 떴다.

"결국 아마네는 애인을 무지 아끼잖아……. 옛날에는 여자도 안 사귀고 연애도 안 하겠다고 했으면서……."

"거참 말이 많네."

"와, 이게 사랑이 사람을 바꾼다는 그건가."

"너희는 지금 나를 바보로 보는 거야? 애초에 마히루가 귀여운 건 누구나 아는 사실이고, 자기 여친이 귀여운 건 당연하잖아. 이츠키 너도 치토세가 귀엽다고 마구 자랑했으면서."

이츠키와 친해져서 치토세를 소개받은 다음부터이긴 해도 매일같이 여친 자랑을 늘어놨으니까 아마네가 조금 말한다고 해서 이츠키의 여친 자랑을 이길 턱이 없다.

그렇게 이상한 일도 아니라고 반대로 황당한 눈으로 봤더니, 두 사람은 못 말리겠다는 듯이 어깨를 으쓱했다.

그 태도가 조금 짜증이 나서 째려봤는데, 이츠키는 그냥 쓴웃음만 지었다.

"뭐, 그런데 그쯤에서 그만하는 게 좋지 않을까?"

"뭘?"

"시이나 양이 힘들어 보여."

왜 그 이름이 튀어나오나 싶어서 마히루를 봤더니, 후드를 붙잡고 뒤집어쓴 상태에서 몸을 떨고 있었다. 아마도 매우 부끄러운 듯하다.

사람들 앞에서 너무 칭찬하면 쑥스러워하는 마히루를 보고 아마네가 허둥댔더니, 고개를 살짝 든 마히루가 부끄러운 탓인지 울상을 짓고 바라봤다.

"아마네 군은 그런 게 좋은 점이고, 나쁜 점이에요."

그렇게 중얼거린 마히루가 다시 후드를 확 뒤집어쓰는 바람에, 아마네는 마히루가 수치심에서 회복할 때까지 안절부절못하며 기다릴 수밖에 없었다.

마히루의 수치심이 가라앉고 나서 넷이서 놀게 되었는데, 인원이 늘어나면서 말을 걸 타이밍을 노리고 있던 남자들이 줄어든 것은 다행이었다.

넷이서 움직이면 혼자 남을 일이 없고, 그렇게 되지 않게 신경을 썼다.

게다가 이츠키는 얼핏 봐서는 잘 노는 미남이고, 서글서글한 분위기도 나니까 다른 의미로 이상적인 인싸남이다. 그래서 헌팅 목적으로 온 남자들이 알아서 주춤거리는 것 같다.

다만 치토세와 마히루와 이츠키 모두 외모가 몹시 빼어나니까 시선을 모으는 것 같기도 하지만.

"마히룽, 마히룽. 에잇!"

"꺄악! 치토세 양도 참!"

마히루가 말없이 압박하는 바람에 일행은 얕은 풀장에서 놀기로 했다. 마히루와 치토세가 화기애애하게 물을 뿌리며 노는 것을, 아마네는 풀장 난간에 걸터앉아서 구경하고 있었다.

완전히 친해진 두 사람이 즐겁게 장난치며 노는 것을 보면 흐뭇하기도 하다.

그리고 두 사람 모두 장르는 달라도 겉으로 봐서는 빼어난 미소녀이므로, 보기만 해도 눈이 행복하다.

"와, 참 좋구먼. 여자들끼리 사이좋게 지내는 건 말이야."

마찬가지로 아마네 옆에서 두 사람을 구경하던 이츠키가 실실 웃었다.

"감상이 아저씨 같은데."

"너무해! 너도 쟤들이 사이좋게 지내는 걸 보고 좋아 죽으려고 했잖아."

"그러진 않았어."

"하지만 보면서 좋다고 생각했지? 엉큼한 자식."

"그 말을 너한테 돌려줄까?"

"나는 개방적이니까."

그래도 괜찮냐고 딴지를 걸면서, 아마네는 치토세가 물을 끼얹는 바람에 간지러운 듯 웃는 마히루를 멍하니 바라봤다.

"그런데 왜 그렇게 눈빛을 흐리는 거야."

실실 웃던 표정을 지우고 물어본 이츠키가 몸을 조금 숙여서 아마네의 얼굴을 살폈다.

"아, 뭐랄까. 마히루가 점점 더 귀여워지는 것 같아서."

"너도 애인 자랑을 하게 되었구나."

"자랑이라고 할까, 잘 웃게 되었단 말이지. 옛날에는 눈썹 하나 까딱하지 않았어."

"우리는 본 적이 없지만, 쌀쌀맞았다고 했던가?"

"그래. 쿨하다고 할까, 독설가라고 할까. 사람을 믿지 않는 아이였으니까. 저렇게 웃으니까 참 좋아."

처음 만났을 때와 비교하면 정말로 솔직하게 웃게 되었다.

옛날의 쿨하고 독설이 조금 심한 마히루를 생각하면 있을 수 없을 정도로, 순수한 웃음과 솔직함을 보여주고 있다.

아마네와 같이 있어서 마히루가 달라진 것이라고 자부하지만, 치토세의 덕분이기도 했다. 여자끼리 이야기할 수 있는 것도 있을 테고, 이해해 줄 수 있는 것도 있다.

저렇게 즐거운 모습을 보면 역시 기쁘다.

"나도 시이나 양이 변했다고 생각하니까 동감이야. 옛날에는 뭐랄까 인형처럼 다가가기 힘든 느낌이었는데, 지금은 무척 귀엽고 아마네 러브로만 보여."

"러브는 무슨……."

"아니, 저렇게 순수하게 호의를 드러내면 알기 쉽잖아. 그게 아니어도 특별하게 대하는 건 훤히 보인다고."

"혹시나 해서 묻는 건데. 이츠키, 네가 봤을 때 마히루는 그렇게 오래전부터 나를……."

"오히려 왜 꾸물거리는지 싶을 정도로 호감이 넘쳐나던걸."

"진짜냐."

사귀기 전부터 은근히 호의를 준다는 것을 눈치챘지만, 아마네가 생각했던 것보다도 전부터 그런 느낌으로 보였나 보다.

"아마도 시이나 양이 아마네를 신뢰하고 호의를 드러냈을 때부터 변하기 시작했을 거야."

"그러냐……."

"그리고 치이가 있어서 그럴까. 좋든 나쁘든 활력이 넘치고 친근감이 있으니까 말이지. 잘 끌려가고 있어."

"잘 제어해 보라고, 남친 양반."

"치이는 진짜 큰일날 데는 건드리지 않으니까 괜찮아. 그리고 봐봐, 저렇게 웃잖아."

이츠키가 손으로 가리키는 곳을 다시 보니, 치토세가 달라붙은 마히루가 부끄러워하면서도 활짝 웃으며 받아들이는 것이 눈에 들어왔다.

마히루도 치토세를 신뢰한다는 것을 눈빛으로 알 수 있고, 표정도 부드럽다. 저렇게 신뢰할 수 있는 상대가 늘어나는 것은 좋은 일이다.

그래도 가장 신뢰하는 상대는 아마네이기를 바란다.

걱정하지 말라며 등을 두드리는 이츠키에게 쓴웃음을 지었더니 "헤이, 풀사이드에서 우울하게 지내는 젊은이들, 이쪽으로 와서 같이 놀자고~."라며 치토세가 마히루에게 밀착하면서 손을 흔들고 있다.

마히루도 아마네가 오기를 바란다는 듯이 얌전하게 손을 흔들고 있었다.

"귀여운 애들이 부르면 갈 수밖에 없지."

영차 소리를 내고 풀장에 내려간 이츠키가 씩 웃고 두 사람에게 다가가는 것을 본 아마네도 웃음을 짓고 마히루가 있는 곳으로 갔다.

"휴~ 잘 놀았다~."

몇 시간이나 놀면 제아무리 고등학생이라도 조금은 지쳐서, 넷이서 벤치에 앉아 쉬기로 했다.

빌려온 공으로 배구를 하거나, 치토세에게 떠밀려 마히루가 작은 워터 슬라이드를 체험하는 등, 마히루에게는 자극적인 체험이었겠지.

옆자리에 앉은 마히루는 개운한 얼굴이지만, 한편으로 다소 지친 듯 아마네에게 살짝 기대고 있다.

"즐거웠어요. 이렇게 논 것은 오랜만이에요."

"응. 나도 이렇게 몸을 움직인 건 오랜만이야."

"아마네는 체육대회에도 필요한 만큼만 나갔으니까 말이지. 운동 잘했지?"

운동이 쥐약인 것은 아니지만, 그렇다고 잘하는 것도 아닌 아마네는 이렇게 온몸을 쓸 일이 별로 없다. 체육 수업에도 성실하게 임하지만, 이토록 상쾌하게 몸을 움직이진 않는다.

"중간부터 아마네는 진지하게 수영하고 그랬지?"

"아니, 풀장은 헤엄치는 곳이니까…… 가끔은 해 봐도 좋겠구나 싶었는데."

"그동안에 마히룽이 아마네를 보고 있었어."

"어? 미, 미안해 마히루."

치토세와 사이좋게 놀고 있어서 아마네도 가볍게 수영을 즐겼는데, 어쩌면 마히루를 기다리게 했을지도 모른다.

다만 마히루는 고개를 절레절레 저었다.

"그, 그런 건 아니지만…… 왠지 부러워서요."

뭐가 부러운지는 조금 생각해 보면 알 수 있었다.

마히루는 헤엄칠 줄 모르니까, 아무렇지도 않게 헤엄치는 아마네가 부러웠던 거겠지.

다만 치토세나 이츠키가 있는 곳에서 헤엄치지 못한다는 사실을 언급할 수도 없어서, 슬쩍 쓴웃음만 짓고 머리를 쓰다듬었다.

기회가 또 생기면, 다음에는 수영 연습도 괜찮을 것 같다.

"다음에 또 같이 풀장에 가자."

"네, 그래요."

"어, 뭐야~? 마히룽의 검정 비키니가 보고 싶다고?"

"멍청하긴. 그건 절대로 다른 사람에게 보여주기 싫어."

"둘이서 있을 때라면 감상할 거면서."

"그건…… 남친의 권리잖아."

다른 사람에게 마히루의 검정 비키니를 보이는 것은 생각조차 하기 싫다. 지금도 아마네의 래시가드로 감췄고, 뭐하면 수영복용 숏팬츠를 입히고 싶을 정도다.

"그렇다는데? 마히룽. 보여주지 않을 거야?"

"나중에 검토해 본다고 했잖아요!"

고개를 홱 돌린 마히루를 보고 작게 웃고, 아마네는 다시 머리에 손을 툭 얹어서 가볍게 쓰다듬어 주었다.

다 함께 레저 시설을 나온 네 사람은 조금 이르지만 패밀리 레스토랑을 찾았다.

오후 6시 전이라서 저녁을 먹기에는 조금 이를지도 모르지만, 헤엄치거나 놀거나 하면서 체력을 마구 소비하기도 했고, 속도 출출하기도 하니까 마침 딱 좋을지도 모른다.

마히루는 패밀리 레스토랑에 갈 기회가 없어서 조금 안절부절못했다. 아마네는 그 모습이 귀여워서 무심코 웃고 말았는데, 치토세와 이츠키에게 안 보이는 각도에서 마히루가 찰싹찰싹 때리는 바람에 웃음을 감춰야 했다.

"그러고 보니 마히룽은 여름 방학에 아마네의 친가에 간다고 했지?"

햄버그를 썰면서 치토세가 물었다.

마히루는 치토세와 노는 일정을 잡으려고 아마네와 함께 아마네의 고향집에 간다는 사실을 전했을 테지만, 역시나 치토세가 실실 웃는 얼굴로 봤다.

"완전 그거네. 부모님께 소개하려고 가는 느낌이야."

"유감이지만 이미 마히루는 우리 부모님을 만난 적이 있어."

"그랬구나. 왠지 남편의 귀성에 따라가는 아내 같아."

"마음대로 말해."

아직 결혼은 고사하고 약혼도 안 했는데 무슨 소리냐고 생각했지만, 일반적인 고등학생 커플은 부모님을 만나러 가는 행동에 나서지 않으므로 차마 부정할 수 없었다.

가볍게 흘려넘기고 일정식에 나온 달걀말이를 입에 넣는 아마네를 놀리지 않고, 치토세는 아쉬운 표정을 지었다.

아마네는 굳이 무시하면서 입에 넣은 달걀말이를 씹어 보는데, 뭔가 부족했다. 마히루가 하는 것과는 다르게 간이 밋밋해서, 맛있다고 말하기에는 부족한 맛이다.

역시 마히루의 요리가 제일이라고 혼자 납득한 아마네가 마히루를 슬쩍 보니 조금 부끄러워하는 눈치였다.

보아하니 아내 이야기를 듣고 수줍어한 것 같다.

"시이나 양이 아마네의 친가에…… 아마네의 어머니도 참 좋아하겠네."

"아카자와 씨는 시호코 씨와 면식이 있나요?"

"아니. 들은 바로는…… 뭐랄까, 아마네의 비유로 잘 알았어."

"우리 어머니는 개성이 강하니까…… 남 같지 않지?"

이야기만 듣고 이츠키도 바로 시호코가 치토세와 닮았다고 판단한 듯하다. 치토세가 시호코를 만나면 무척 친근감이 생기겠지.

"어? 무슨 얘기야~?"

"음. 치이는 귀엽다는 이야기야."

은근슬쩍 얼버무리면서 칭찬하는 이츠키에게, 치토세는 "잇군도 참~."하고 아주 만족한 눈치였다.

"아, 맞다. 아마네, 귀성하는 날이 정해지면 빨리 말해. 가기 전에 마히룽하고 놀고 싶거든."

"그래, 알았어. 아마도 8월에 들어서서 귀성할 테니까 그 전에 다녀와. 그리고 숙제도 해 놓으라고."

"왜 우리 엄마 같은 소리를 하는데~."

"너는 작년에 '숙제가 안 끝나!' 하고 난리를 피웠잖아……."

치토세는 숙제를 나중에 한꺼번에 하는 성격인 듯, 여름 방학이 다 끝나갈 즈음에 허둥지둥 하고 있었다.

아마네는 먼저 끝내고 하루하루의 자습으로 되짚어 보는 성격, 이츠키는 어찌 됐든 꾸준하게 처리하는 성격이므로, 둘이서 치토세의 숙제를 도와주는 지경에 처했었다.

올해도 아마네는 이미 숙제를 끝냈고, 마히루도 마찬가지로 숙제를 정리해서, 이제는 함께 자습하고 있다.

"그치만 하기 싫은걸……. 앗, 올해는 대천사님에게 배우는 수단이."

"가르쳐 주는 건 괜찮지만, 다음에 대천사님이라고 불렀다간 거절할 거예요."

"아잉, 엄격해. 하지만 쌀쌀맞은 마히룽도 좋아!"

어찌 됐든 치토세와도 가볍게 대화하게 된 마히루를 흐뭇하게 느끼면서, 아마네는 식기 전에 밥을 입으로 옮겼다.

"마히루, 내일은 달걀말이를 먹고 싶은데."

옆자리에 있는 마히루에게 조용히 말을 전했더니, 마히루의 시선이 아마네의 앞에 있는 그릇으로 돌아갔다.

"지금 먹고 있잖아요?"

"이건 틀렸어. 뭔가 심심한 느낌이야. 마히루가 해 주는 게 제일이라고."

"후후. 못 말릴 분이네요. 그러면 아침을 하러 가는 김에 깨워 줄게요."

"응."

여름 방학이라서 이른 시간에는 일어나지 않게 된 까닭에, 마히루가 깨워 준다면 고맙다.

자다 깨서 마히루의 얼굴을 보면 심장에 위험할 것 같지만, 성능이 끝내주는 알람 시계임은 확실하겠지.

내일 아침밥이 기대된다고 혼자서 흥겨워하는 아마네를, 이츠키가 어이없다는 눈으로 봤다.

"이쯤이면 동거 커플이네……."

"시끄러워."

아직 반동거 상태라고는 말하지 않고, 아마네는 조금 식은 된장국을 조용히 마셨다.

제12화

귀성과 교제 확인

"문단속은 잘했나요?"

"보는 앞에서 했잖아."

집 앞 복도에서 선생님이라도 된 것처럼 자꾸 확인하는 마히루에게, 아마네는 슬쩍 쓴웃음을 지었다.

마히루도 평소라면 굳이 이 정도로 말하지 않지만, 장기간 집을 비우니까 걱정해서 주의하는 듯하다.

오늘부터 2주 정도 아마네의 고향집에 돌아가니까, 그동안 무슨 일이 생기지 않을까 싶어서 신경을 쓰는 거겠지.

"그건 봤지만, 혹시 몰라서요."

"네, 알았습니다. 너야말로 잊은 물건은 없겠지?"

"없어요. 필요한 짐은 미리 부쳤고, 아침에 들고 갈 짐을 다시 검사했으니까요. 문단속도 완벽하고, 아마네 군 집의 쓰레기통부터 냉장고 안까지 꼼꼼하게 확인했으니까 안심해 주세요."

"그건 참 고생이 많았네. 고마워."

아무리 그래도 2주 분량의 짐을 들고 갈 수도 없는 노릇이어서 각자 택배로 부쳤으니까, 그 점은 빈틈이 없다. 덤으로 아마네의 집도 체크해 주었다고 하니까 고마워서 고개도 들지 못할 지경이다.

　그렇게 자잘한 것까지 챙겨 주는 꼼꼼함에 감사하면서, 아마네는 마히루가 손에 든 가방을 받고 그 대신에 손을 잡았다.

　마히루는 눈을 깜빡인 다음에 나지막하게 "아마네 군의 그런 점이 좋아요."라고 생긋 웃더니, 아마네의 손을 쥐었다.

　아마네의 고향집이 있는 곳은 지금 사는 곳에서 고속철도를 타고 한 시간 남짓 걸리는 거리에 있다.

　예약한 자리에 앉아 경치를 구경하면서 수다를 떨었더니 순식간에 고향에 도착했다.

　오랜만이라고 해도 1년에 한 번은 보는 역 풍경에 말로 표현하지 못할 감회를 느끼면서, 아마네는 마히루의 손을 잡고 약속 장소로 이동했다.

　"여기가 아마네 군의 고향이군요."

　"응. 뭐 우리 집은 전철로 갈아타거나 차로 좀 더 이동해야 하니까, 완벽하게 고향이라고는 말할 수 없지만."

　큰 역에만 고속철도가 서는 까닭에 이곳에서 내렸을 뿐이지, 실제로는 조금 더 시간을 들여 이동해야 한다.

　이번에는 예정이 비었던 시호코가 역까지 맞이하러 온다고 해서, 호의를 받아들이기로 했다. 단순히 시호코가 빨리 마히루를 보고 싶다는 이유도 있겠지만.

　만남의 장소로 자주 쓰이는 개찰구 쪽 커다란 기둥을 향해서 이동했더니, 멀리서 아마네의 어머니가 보였다.

역시 어머니 앞에서 손을 잡는 것은 부끄러운지라 손을 놓았더니 마히루가 조금 시무룩한 분위기를 드러내서, 아마네는 황급히 등을 살짝 토닥였다.

(아직 사귄다고 보고하지 않았으니까, 이번만큼은 용서해 줘.)

손을 잡는 것이 일상이 되어서 무심코 손을 잡고 마는데, 귀성 중에는 조심해야 한다.

다소 아쉬운 듯한 마히루도 시호코의 모습이 눈에 들어와 납득했는지 평소 표정으로 돌아왔다.

시호코도 두 사람을 발견했는지 호감을 불러오는 밝은 웃음을 띠고서 아마네와 마히루가 있는 곳으로 다가왔다.

"오랜만이에요."

"어머머, 마히루짱 어서 오렴! 잘 왔구나!"

가장 먼저 마히루에게 인사하는 것이 우리 어머니답다고, 아마네는 쓴웃음을 지었다.

마히루는 시호코의 기세에 약간 밀리면서도 다소곳하게 웃고 머리를 숙였다.

"불러 주셔서 감사합니다. 모처럼 가족들이 단란하게 지낼 기회인데, 저까지 맞이해 주셔서……."

"괜찮아. 우리가 마히루짱을 보고 싶었던 거니까! 사실은 봄방학 때도 만나고 싶었지만, 형편이 여의치 않았거든……. 어머, 아마네. 왜 그러니?"

"아들한테는 인사도 안 해?"

"어머머. 어서 오렴, 아마네. 마히루짱을 데려와 주어서 고맙구나."

"네, 그러셔요."

아마네도 농담인 줄 아니까 딱히 화난 건 아니지만, 퉁명함이 앞선 탓인지 "얘도 참, 삐지기는. 물론 아마네가 집에 와서 기쁜걸?"하고 시호코가 쿡 찔렀다.

그 생글생글한 웃음에 아마네가 울컥한 것은 어쩔 수 없으리라.

아마네는 시호코의 손을 툭 쳐내고 주변을 봤다.

시호코가 마중을 나온다는 이야기는 들었지만, 슈토가 보이지 않는 것은 의외였다. 오늘은 슈토도 휴가를 냈을 테니까, 둘이서 올 줄로만 알았다.

"아버지는?"

"슈토 씨는 지금 집에서 점심을 차리고 있단다."

"아하."

그렇다면 납득이 된다.

슈토는 요리하는 것을 좋아하고, 손님을 대접하는 것도 좋아하는 사람이라서, 집에서 이런저런 준비를 하고 있겠지.

"잘됐네, 마히루. 아버지 요리는 맛있어."

나한테는 마히루의 요리만큼은 아니지만. 그런 말을 꾹 삼키고 전했더니, 마히루도 포근하게 미소를 지었다.

"그렇군요. 기대돼요."

"우후후. 우리 집 맛도 감상해 보렴."

"딱히 어머니가 만드는 것도 아닌데 잘도 말하네……. 뭐, 아버지 요리가 더 맛있으니까 상관없지만."

"아이참. 괜한 소리는 하지 말려무나."

세월이 느껴지지 않는 얼굴로 볼을 부풀리는 시호코. 하지만 실제로 슈토의 요리 솜씨가 훨씬 월등하다.

평일에는 시호코가, 주말에는 슈토가 담당하니까 익숙함 면에서는 시호코가 우세하지만, 맛은 슈토가 더 우세하다.

딱히 시호코의 요리가 맛없다는 뜻은 아니지만, 역시 간을 보는 문제에서 슈토의 요리가 더 맛있게 느껴진다. 물론 차려 준다는 점에서 아마네는 두 분 모두에게 감사하고 있었다.

"뭐, 아마네는 항상 솔직하지 않았으니까 괜찮아. 그보다 집에 가자꾸나. 지금부터 가면 점심에 딱 맞춰서 도착할 거야. 차는 이쪽에 있으니까, 따라오렴."

역에서 오래 이야기해도 소용없다며 손짓하고 역 출구로 가는 시호코. 아마네는 잠시 마히루를 봤다.

"그러면 가 볼까."

"네."

작게 끄덕인 마히루의 손목을 살짝 잡는다.

아무리 그래도 깍지를 끼듯 손을 잡을 수는 없지만, 이러면 멀리 떨어지는 것을 방지한다는 명목으로 얼버무릴 수 있다.

눈을 크게 뜨고, 이어서 기쁜 듯 수줍게 미소를 지으며 아마네와 조금 거리를 좁히는 마히루. 아마네도 조금은 쑥스러워하면서 시호코를 쫓아 천천히 걷기 시작했다.

차로 달려서 30분, 아마네와 마히루에게는 두 시간에 걸친 이동 끝에 후지미야 일가의 집에 도착했다.

제법 큰 단독주택이 아마네와 마히루 앞에 서 있다. 큰 이유는 서재도 있고 널찍한 주방도 있고 빈방도 있기 때문인데, 마히루에게는 생각했던 것보다 큰지 눈을 동그랗게 떴다.

"크네요."

"어머, 고맙구나. 우리 집은 넓게 지었거든. 사실은 딸아이가 있었으면 해서 방을 많이 만들었는데, 세상일은 사람 뜻대로 안 되는구나……. 마히루짱이 와도 되는걸?"

"어? 저기, 그게."

"어머니, 마히루를 놀리지 마. 곤란해하잖아."

"어머머."

시호코는 활짝 웃고 있지만, 마히루의 반응을 보고 즐기는 구석이 있다.

마히루는 부끄러운 듯 고개를 숙이고 있어서, 더더욱 시호코의 즐거운 망상에 떡밥을 주고 있다. 아마네 역시 사실은 망상으로 그치게 할 생각이 없기도 한데, 아무리 그래도 시호코에게는 말할 수 없다.

"자, 더우니까 어서 안에 들어가자."

"그래, 알았어. 참 못 말리겠구나."

"뭐가 못 말리겠다는 건데……."

웃음을 거둘 생각이 없어 보이니 포기하고, 아마네는 시호코의 등을 떠밀었다. 그러자 시호코는 실로 유쾌한 듯이 웃으면서 집의 문을 열었다.

안에서 발소리가 들린 것은 시호코와 일행이 집에 온 것을 슈토가 알아챘기 때문이리라.

"어서 와."

집에 발을 들이자 예상대로 슈토가 서 있었다.

"다녀왔어, 슈토 씨. 마히루짱을 데려왔어."

"시이나 양도 오랜만이구나."

"오랜만에 뵈어요. 건강해 보이시네요."

마히루도 반년 만에 슈토를 만나는 것이라서 역시 긴장하는 눈치였다. 시호코는 마히루를 편하게, 친근하게, 아니 완전히 밀어붙이는 태도로 접했기 때문에 거리감이 별로 느껴지지 않지만, 슈토와는 거리를 느끼겠지.

슈토는 마히루가 조금 딱딱한 태도인 것을 깨닫고 사근사근하게 웃고 있다.

"이런 아저씨한테 너무 예의를 차리지 않아도 괜찮아."

"아뇨, 그럴 수는……."

"아버지는 겉만 봐서는 아저씨처럼 안 보이는 게 문제야."

"어, 기쁜 소리를 해 주는걸."

실제로 아마네의 아버지는 나이와 어울리지 않게 생겼다.

30대 후반 같지 않을 만큼 젊어 보여서, 굳이 말하자면 동안인 아버지를 처음 보고 나이를 알아맞히는 일은 없다.

"아마네도 잠시 못 본 사이에 얼굴이 좋아졌구나."

"고작 반년으로 바뀌겠어?"

"응. 남자다워졌다고 할까, 자신감이 생긴 것처럼 보이는걸.

차림새도 좋고."

마히루와 걷는다는 이유로 남들에게 보여주는 차림을 했는데, 예전에는 별로 자신감이 없어 보였던 거겠지. 실제로 그랬으니까, 지금은 자신감이 있는 상태임을 잘 알아본 것 같다.

그것을 간파당하니 조금 쑥스러워서 아마네가 입술을 꾹 다물자 슈토가 슬며시 미소를 지었다.

"그러면 시호코 씨. 집 안내를 부탁해도 될까? 나는 아직 환영 준비가 있으니까."

"네~. 자, 들어오렴. 좁은 곳이지만 편하게 있어."

"아뇨. 그렇진……. 실례합니다."

공손하게 머리를 꾸벅 숙이고 신발을 벗은 마히루에 이어서 아마네도 신발을 벗고 슬리퍼를 신었다.

아마네는 익숙한 자기 집이라서 안내가 필요 없지만, 시호코가 마히루에게 이상한 소리를 하지 않나 감시하기 위해서 따라갈 작정이다.

슈토가 식당으로 돌아가는 것을 본 시호코는 "이쪽으로 오렴."하고 계단 쪽으로 손짓했다.

침실과 객실은 기본적으로 2층에 있으니 그쪽으로 안내하려는 거겠지.

아마네도 자기 방에 도착한 짐을 잠깐 풀어 볼 예정이지만, 잠시 생각해 보고 객실이 어딘지 떠올리면서 참 뭐라고 할 수 없는 표정을 지었다.

(작년에 봤을 때 창고로 안 쓰는 방은 하나밖에 없었는데.)

베란다로 이어진 그 방은 원래 아이가 한 명 더 태어났을 때를 대비해서 만들었다고 한다. 결국 아이가 생기는 일은 없었으므로 쓰이지 않았지만, 실내는 잘 꾸며서 누군가가 묵을 수 있게 만들었다.

지금은 거의 찾아오지 않지만, 사촌들이 장기 휴가에 놀러 왔을 때 쓰는 방이기도 하다.

딱히 뭘 하려는 건 아니지만, 여자애를 아마네가 오갈 수 있는 방에 묵게 해도 되는지 생각하니 조금 속이 쓰렸다.

"자, 마히루쨩. 방은 여길 쓰렴."

아니나 다를까 아마네의 옆방으로 안내해서, 슬쩍 한숨을 쉬었다.

"방을 준비해 주셔서 감사합니다."

"그러지 않아도 돼. 2층 화장실은 저기고, 마히루쨩 옆방이 아마네 방이야. 베란다로 이어져서 미안하구나."

베란다로 이어진다는 말에 눈을 깜빡이는 마히루. 아마네는 멋쩍어서 눈을 돌렸다.

"베란다 문을 잠글 테니까, 너도 꼭 잠가."

"그, 그런 걱정은 안 해요."

"그건 걱정해 줘."

"후후. 풋풋하기도 해라. 나는 점심 준비를 하고 올 테니까, 너희는 짐을 확인하렴. 마히루쨩 것도 이미 방에 가져다 뒀으니까."

"네. 고맙습니다."

"뭘. 그러면 나중에 보자꾸나."

미소를 짓고 계단을 내려가는 시호코의 등이 보이지 않는 것을 확인하고, 아마네는 성대하게 한숨을 쉬었다.

"미안해. 이 방밖에 비지 않았을 거야."

"아, 아뇨. 괜찮은데요?"

"그야 사귀니까 괜찮겠지만, 사귀지 않는 사이면 큰일이었을 거잖아. 어머니는 모를 텐데 말이야…… . 거참."

"괜찮아요. 게다가 그게…… 베란다로 이어지면 같이 별도 구경할 수 있고요."

살포시 생긋 웃는 마히루를 본 아마네는 밤중에 잠자리를 습격하는 건 걱정하지 않는구나 싶어서 쓴웃음을 지었다. 그러면서 밤에 같이 있기를 희망해 주었다는 사실에 기쁨이 철철 샘솟는다.

"뭐, 나중에 여유가 있을 때 말이지. 자, 짐을 정리하고 와."

"네."

태연한 척하려고 한 말임을 아는지 모르는지, 마히루는 즐겁게 키득키득 웃고 자신이 쓸 방으로 들어갔다.

2주 동안 같은 공간에서 지낸다는 사실을 새삼스럽게 실감하고, 아마네는 손바닥으로 얼굴을 덮으며 자기 방에 발을 들였다.

점심때는 마히루를 환영하는 의미에서 슈토가 직접 만든 요리가 나왔다.

슈토도 마히루처럼 뭐든 잘하는 타입으로, 시호코가 먹고 싶다는 이유로 오늘의 메인을 *파에야로 했다고 한다.

물론 파에야만이 아니라 **비스크나 어패류가 듬뿍 들어간 샐러드 등의 요리도 식탁에 올랐다.

물론 전부 맛있었고, 마히루도 순수하게 기뻐했으니까, 마히루의 눈으로 봐도 슈토의 요리 솜씨는 대단한 듯하다.

"우리 아들 때문에 고생하진 않았니?"

식사를 마치고 한숨 돌리고 있을 때, 슈토가 마히루에게 그런 말을 꺼냈다.

여담으로 시호코는 뒷정리 담당이라서 이 자리에 없고, 주방에서 들리는 설거지 소리로 존재감을 드러내고 있었다.

슈토의 말에 눈을 깜빡인 마히루는, 금방 고개를 가로저었다.

"고생을요……? 아뇨, 그렇지 않아요."

"이럴 때는 솔직하게 고생하고 있다고 말해도 돼."

"아마네 군과 지내는 것이 싫거나 힘들다고 생각한 적은 없으니까요. 언제나 즐겁게 지내고 있어요."

"아, 그러셔?"

흐트러짐 없이 말하는 바람에 더 말하지 못하고, 아마네는 무뚝뚝하게 대꾸하고 말았다.

"아마네도 쑥스러워하지 말고 고맙다고 말하면 좋을 텐데."

"항상 고마워……."

---

* 파에야(Paella) : 볶은 재료와 함께 쌀을 섞어서 끓인 스페인 요리.
** 비스크(Bisque) : 갑각류를 재료로 쓰는 프랑스의 수프 요리.

"네, 알아요."

아마네가 쑥스러워하는 것은 마히루한테도 들킨 듯, 방울처럼 고운 목소리로 웃었다.

그게 또 부끄러워서 입술을 오물거렸다 움직였다 말았다를 반복했더니 더욱 웃는지라, 어쩔 도리가 없었다.

나중에 두고 보자고 마히루를 봐도 예쁜 미소를 지을 뿐, 말이 통한 기색은 없었다.

더 참지 못하고 고개를 휙 돌렸더니 슈토도 웃었다.

"정말 솔직하지 못하구나. 그게 아마네의 귀여운 점이지만."

"남자한테 귀엽다니, 무시하는 거야?"

"아마네 군은 정말로 귀여워요."

"마히루, 나중에 찬찬히 이야기 좀 하자."

"네. 나중에 이야기해요."

마히루가 싱글거리며 말하는 바람에 아마네는 찍소리도 못했다. 오늘의 마히루는 은근슬쩍 벅차다. 긴장한 줄 알았는데, 벌써 분위기에 적응한 것처럼 보였다.

단순히 아마네와의 대화에서만 이렇게 익숙한 태도를 보이는 걸지도 모르지만.

아마네와 마히루의 대화를 흥미롭게 구경하던 슈토는, 뭔가 떠올린 듯이 눈을 크게 깜빡였다.

"아, 맞다. 시이나 양. 괜찮다면 함께 장을 보러 가지 않겠니? 시호코 씨한테 부탁받은 게 있거든."

"왜 데려가려고 하는데."

이번에는 마히루의 손바닥 위에서 놀아나는 바람에 못마땅한 투로 말하는 아마네에게, 슈토는 변함없이 웃음을 지어 보였다.

"시호코 씨처럼 신나게 데리고 돌아다니진 않을 건데?"

"그건 알지만."

"아마네 넌 집을 봐."

"왜?!"

"그야 추억 이야기를 하는데 본인이 있으면 방해가 되니까."

"지금 방해라고 했지?!"

"응."

태연하게 긍정하는 바람에 말문이 막힌 아마네를 무시하고, 슈토는 마히루를 봤다.

"아저씨와 외출하는 건 싫을까?"

"아뇨. 그렇지는 않아요. 저도 괜찮다면요."

"그러면 가 볼까? 나가는 김에 시호코 씨에게 줄 선물도 같이 골랐으면 좋겠구나."

승낙을 받아서 싱긋 미소를 짓는 슈토의 말에, 마히루는 곤혹스러워했다.

"서, 선물을 말인가요. 무슨 기념일인가요……?"

"아버지는 어머니한테 자주 선물해. 아무것도 아닌 날에도."

슈토는 여성에게 매우 다정하고 성실한 남자로, 특히 사랑하는 아내인 시호코에게는 뭔가 대단한 기념일이 아닐 때도 자주 선물을 바치고 있다.

평소 느끼는 고마움과 애정의 증표, 시호코가 기뻐하는 얼굴을 보고 싶다는 것이 슈토의 주장으로, 고향집에서 살던 때는 아마네도 같이 선물을 사러 갈 때가 있었다.

이번에는 여자의 시점에서 조언을 받으려고 마히루를 부른 거겠지. 아마네의 이야기를 하는 것이 큰 목적이기는 하겠지만.

"아마네 군은 슈토 씨를 닮았네요."

"나는 그 정도로는 안 해."

"인형이나 귀여운 액세서리를 보면 사서 주잖아요."

아마네는 마히루가 기뻐할 것 같거나 어울릴 것 같은 것을 무심코 살 때가 있다. 그건 마히루를 좋아하니까 그런 것이기도 하며, 평소 신세를 지는 보답의 의미도 겸한다.

슈토를 닮았다고 하면 그럴지도 모르지만, 그렇게 자주 주지는 않는다고 생각했다.

"아니, 그야 마히루한테는 평소 신세를 지니까."

"그런 점이거든요?"

변명하는 투로 대꾸한 아마네에게, 마히루는 황당하다는 듯이, 그러면서도 기쁜 기색으로 짓궂게 소리를 내 웃었다.

슈토도 흐뭇한 눈으로 이쪽을 보니까, 아마네는 더는 같이 못 있겠다는 듯이 거칠게 일어나서 뒷정리 중인 시호코를 돕는다는 명목으로 도망쳤다.

"어머, 아마네. 마히루짱이랑 이야기하지 않아도 되니?"

"마히루는 지금부터 아버지를 따라서 장을 보러 갈 테니까."

거실을 슬쩍 보니 두 사람이 웃으면서 외출 준비를 하고 있다.

행동이 빠른 건 아마네가 약간 토라진 것을 간파한 슈토가 머리를 식힐 시간을 두려고 한 까닭이리라. 아마네의 아버지는 사람 마음의 기복을 너무 잘 파악해서 무섭다.

"아아, 장을 보러 가는 거구나. 슈토 씨도 마히루짱에게 물어보고 싶은 게 있을 테니까, 괜찮지 않겠니?"

"뭘 물어볼 작정인데……."

"그야 평소 생활 아니겠니? 나도 슈토 씨를 전부 아는 건 아니니까."

시호코가 다 씻고 불에 올려서 건조한 파에야 팬을 건네줘서, 아마네는 순순히 조리기구를 두는 선반에 돌려놓으러 갔다.

그동안 마히루와 슈토가 거실을 나왔다. 아마네는 두 사람이 사라진 문을 원망스럽게 본 다음, 계속해서 설거지하는 시호코가 있는 곳으로 돌아가 다 씻은 그릇에서 물기를 닦아 이전처럼 선반에 돌려놓았다.

마히루와도 자주 협력해서 하는 작업이라서 손에 익었다고 자부하는데, 시호코는 아마네의 빠릿빠릿한 손놀림을 보고 눈이 휘둥그레졌다.

"아마네도 움직임이 완전히 몸에 뱄구나."

"뭘 그런 걸 가지고."

"마히루짱한테만 시키는 게 아닌 것 같아서 안심했어."

"나를 얼마나 쓰레기 같은 남자로 생각한 거야……."

아무리 그래도 마히루에게 전부 시킬 정도로 낯가죽이 두꺼운 남자는 아니다.

마히루만 일하게 했다간 미안함이 앞설 것이다.

요리처럼 힘든 노동을 시키는 거니까 아마네가 할 수 있는 일은 알아서 해야 하고, 마히루를 배려해야 한다.

돕는 것이 당연한데 뭔 소리를 하는 거냐고 눈을 흘기고 시호코를 보자 감탄한 기색으로 "저기, 아마네……." 라고 아마네를 불렀다.

"왜?"

"마히루짱하고 어디까지 발전했니?"

"푸읍."

설마 지금 그 질문이 날아들 줄은 몰라서 뿜은 아마네를 보면서, 시호코는 태연하게 그릇을 다 씻었다.

반사적으로 그릇을 받아 수건으로 물기를 닦았지만, 동요를 감추지 못해서 미간을 찡그렸다.

"뭘 동요하니? 딱 봐도 사귀는 분위기를 물씬 풍겼으면서. 아무리 그래도 감출 수 없단다."

그렇게 말하면 부정할 수 없다.

새해 첫 참배 때와는, 아마네와 마히루 사이에서 흐르는 분위기가 다르다. 교제하니까 당연하지만, 부모님 앞에서는 되도록 감출 생각이었다.

결국 들통이 났으니까 의미가 없었지만.

"그러면 안 돼……?"

"아니? 오히려 딸아이로 삼고 싶었을 정도니까 웰컴이란다."

"그렇군……."

"그렇게 눈빛과 분위기로 애정 행각을 벌였으니까, 나는 전부 끝마친 줄 알았는데."

"무슨! 그럴 리가 있겠어?!"

터무니없는 억측에 도끼눈을 뜨지만, 시호코는 미안해하는 기색이 없었다.

"어머니…… 그런 건 마히루한테 말하지 마."

"아무리 그래도 마히루짱한테는 말하지 않을 거야. 하지만 나는 딸을 원하니까. 기대한단다."

건강 문제로 더는 아이를 가질 수 없는 어머니가 딸을 원하는 건 알기에 뭐라 따지지 못하고, 아마네는 입을 오물거리는 데 그쳤다.

"마히루를 압박하지 마."

"알아. 그러니까 아마네가 잘 붙잡고 있어야지."

"내가 정말로 원하는 걸 놓칠 것 같아?"

옛날이라면 마히루만 행복하다면 상대가 자신이 아니어도 멀어질 작정이었는데, 지금은 그런 소리를 할 수 없다.

속이 좁아졌다고 하면 그럴지도 모르지만, 마히루가 소중해서 놓치기 싫은 마음이 강해졌다고도 말할 수 있다. 마히루를 행복하게 해 주고 싶고, 다른 남자는 눈에도 안 들어오게 반하게 해서, 소중하게 곁에 두고 싶다고 생각했다.

그러므로 마히루가 한눈팔 틈을 만들어 줄 작정은 없다.

단호하게 말한 아마네를 본 시호코는 한순간 멍하게 있다가, 이어서 유쾌한 듯이 목에서 소리를 내 웃었다.

"후후. 그런 구석도 슈토 씨를 닮았구나. 슈토 씨는 예나 지금이나 변함없이 사랑해 주니까."

"나는 아버지처럼 타고난 신사성을 이어받지 않았어."

"글쎄? 마히루짱한테 물어볼까?"

"하지 마."

그걸 물어봤다간 마히루가 아무렇지도 않게 창피한 일화를 폭로할 것 같으므로, 온 힘을 다해 저지해야만 한다.

그만두라고 눈을 흘겨도 시호코에게는 통한 기색이 없었다. 흥겹게 "마히루짱이 돌아올 때가 기대되는걸." 하고 실로 태연한 투로 말하는 시호코에게, 아마네는 더욱 미간을 찡그렸다.

마히루와 슈토가 외출하고 몇 시간 뒤, 시호코가 슬슬 저녁 준비를 시작하려던 참에 두 사람이 집으로 돌아왔다.

시호코와 단둘이 있으면 확실하게 놀림을 당하기에 자기 방에서 짐을 풀고 심심풀이 삼아 참고서를 풀던 아마네를, 막 귀가한 마히루가 찾아왔다.

지금 사는 집에 가구를 대부분 옮겨서 별다른 것은 없는 방이고, 시호코가 정기적으로 청소해서 남에게 보이기 부끄럽지도 않으니까 그냥 방에 들였는데, 마히루가 조금 침착하지 못한 기색을 보였다.

그것이 둘만 있는 탓인지 방 탓인지, 아니면 슈토와 외출한 탓인지 모르겠지만, 아무튼 차분해 보이지 않아서 바닥에 쿠션을 놓고 앉게 했다.

"잘 다녀왔어, 마히루. 피곤하진 않아?"

아마네가 보리차를 두 잔 가져와서 접이식 탁자에 두면서 물어보자 마히루가 눈을 여러 번 깜빡인 다음에 표정을 풀었다.

"네. 이동 중에도 그렇고 여기서도 앉아만 있어서 몸을 움직이는 데는 딱 좋았어요."

"그래? 그나저나 그렇게 차분하지 않은 걸 보면, 아버지한테 무슨 소릴 들은 거야?"

아무래도 정곡을 찌른 듯 눈을 살짝 돌린 마히루에게 한숨을 쉬었다.

마히루 탓은 아니지만, 슈토에게는 하고 싶은 말이 많다. 그래 봤자 미꾸라지처럼 빠져나가거나, 아니면 역으로 놀리거나, 둘 중 하나라서 뭐라고 말할 수는 없지만.

"아버지도 참…… 뭘 이야기한 거야."

"별로 대단한 이야기는 아니에요. 아마네 군이 요즘 어떻게 지내는지 물어보시거나, 어린 시절의 아마네 군이 귀여웠다거나."

"무슨 이야기를 들은 거야."

하지만 어린 시절에 뭘 했는지는 기억이 흐릿해서, 이야기해서 문제가 생길 일이 있었는지 어떤지도 잘 모른다.

다만 슈토가 굳이 마히루에게 말했다면 확실하게 뭔가 저지른 일이겠지. 부모님에게는 귀엽게 보이는 일을 재밌게 말했을지도 모르지만, 아마네로선 어린 시절의 실패담을 이야기하는 것은 웃을 일이 아니다.

자세하게 말해 보라고 눈을 흘기고 마히루를 보자 노골적으로 시선을 피했다.

"그, 그건⋯⋯ 말이죠?"

"왜 눈을 피하는데."

"아마네 군이 귀엽다는 것만큼은 잘 알았어요."

대답 같지도 않은 말을 듣고, 아마네는 노골적으로 한숨을 쉬었다.

"왜, 왜 그래요?"

"정직하게 말하지 않는 나쁜 아이는 이렇게 해 줄 거야."

옆자리에 있던 마히루를 끌어당겨 다리 사이에 앉혔다. 등 뒤에서 감싸듯 몸을 끌어안은 아마네는 그대로 마히루의 배를 만졌다.

이것에는 마히루도 놀란 듯, 몸을 비틀어서 아마네를 돌아보며 쳐다봤다.

"저, 저기, 아마네 군?"

"마히루는 의외로 간지럼을 잘 타는구나."

"자, 잠깐만요. 말로 해결해요."

"마히루가 처음부터 자백했으면 이렇게 되지 않았어."

천천히 옷 위에서 배에 가까운 옆구리를 훑듯이 만지자 알기 쉽게 몸이 움찔 떨렸다.

불필요한 지방이 하나도 없이 날씬한 몸을 실감하면서 아마네가 매끄럽게 선을 그리듯 허리를 손가락으로 천천히 쓸기만 해도 "흐웅!" 하고 작은 숨소리가 흘러나왔다.

너무 반응이 좋아서, 무심코 슥삭슥삭 손가락을 바지런하게 움직여서 피부를 살살 자극했다.

어쩐지 품에서 헐떡이는 소리를 들으면 여러모로 위험한 기분이 끓어오르는데, 이제는 멈출 수 없었다.

"후, 잠, 깐…… 후훗, 아마네 군……."

"그나저나 진짜 간지럼을 너무 잘 타는 거 아니야, 마히루?"

정말로 살살 만진 건데도, 민감한 마히루는 무릎을 끌어안고 몸을 바들바들 떨면서 숨을 가쁘게 내쉬고 있다.

귀엽다고 생각해야 할지, 고집이 세다고 질색해야 할지.

만지면 이성이 위험한 곳은 건드리지 않게 조심하면서 천천히 간지럽히는데, 더는 참을 수 없었는지 갑자기 아마네가 먼저 몸을 홱 돌렸다.

뺨이 희미하게 상기한 얼굴로, 간지러워서 그런지 촉촉하게 젖은 눈으로 흘겨보는데, 다양한 의미에서 아마네의 심장이 확 뛰었다.

"아. 아마네 군, 바보. 너무해요."

"금방 자백했으면 이렇게는 안 됐는데?"

"벼, 별로 대단한 이야기는 안 하셨어요. 아마네 군이 어렸을 때 자전거로 전봇대에 정면충돌해서 엉엉 울었다는 이야기라든지, 어머니의 날에 시호코 씨에게 '엄마 사랑해.' 라며 재롱을 떨었다는 이야기라든지, 슈토 씨처럼 멋져지고 싶어서 멋대로 왁스를 쓰고 고슴도치 머리가 되었다는 이야기밖에 안 하셨어요."

"최악의 누출이야!"

아마네의 기억에 없는 창피한 이야기를 했다는 사실이 드러나서, 무심코 손바닥으로 얼굴을 가렸다.

어린 시절 이야기를 했다고는 생각했지만, 그렇게 부끄러운 이야기만 했다니. 대체 무슨 정신머리로 그랬는지 따지고 싶을 정도다.

부모에게는 흐뭇한 이야기일지도 모르지만, 본인에게는 흑역사이다.

"귀, 귀엽다고 생각했는걸요?"

"칭찬이 아니야. 그 이야기는 잊어."

"아마네 군이 간지럽히니까 잊지 않을 거예요."

간지럽히지 않아도 기억에 단단히 새겨졌겠지. 그렇게 생각했지만, 조금 토라진 투로 하는 말을 들은 아마네는 좀 심했을지도 모른다고 반성하고 마히루의 등을 자상하게 감쌌다.

"그래. 미안해."

"다음에 또 간지럽히면 아마네 군의 귓가에 들은 이야기를 속삭일 거예요."

"정신 공격은 하지 마……. 알았어, 알았대도. 미안해."

끌어안고서 달래듯이 쓰다듬자 마히루는 아마네의 팔에 순순히 몸을 기대고 어깨에 얼굴을 파묻었다.

"마히루짱, 먼저 목욕하고 오렴."

저녁 식사 후, 가족끼리 단란하게 지내고 슬슬 입욕 시간이 됐을 때, 시호코는 아마네의 옆에 앉아서 TV를 보던 마히루에게 말을 꺼냈다.

"저는 나중에라도……."

"손님이니까 사양하면 안 돼. 혼자 들어가는 게 싫다면, 지금이라면 아마네도 빌려줄게."

"뭘 멍청한 소리를 하는 건데."

싱긋 웃으면서 터무니없는 소리를 하는 시호코 때문에 아마네는 자연스럽게 미간을 좁혔다.

아마네를 빌려준다는 말은 곧 아마네와 함께 목욕하라는 뜻으로, 일단 마히루가 승낙할 리가 없다. 요전번에 수영복 차림으로도 빠듯했는데, 알몸은 도저히 고려할 수 없겠지.

아니나 다를까, 마히루의 얼굴이 새빨갛다.

시선이 아마네를 슬쩍 훑고 지나가더니, 곧이어 얼굴이 더 빨개진다. 아마도 아마네의 몸을 상상하는 바람에 더 부끄러워진 게 틀림없다.

아마네도 깊이 상상하면 부끄러워서 몸부림칠 것 같으니까, 너무 생각하지 않는 자세를 고수해야만 했다.

"저기, 알몸은, 좀……."

"어머, 수건을 더 챙겨 줄까?"

"괘, 괜찮아요……."

"어머머. 그렇게 부끄러워할 필요는 없잖니? 나랑 슈토 씨는 자주 하는걸."

"그, 그건……."

"마히루, 너무 진지하게 받아들이지 마. 뭐, 아버지랑 어머니는 둘이서 목욕할 때가 많지만, 우리는 그러지 않아도 되니까."

시호코는 그냥 장난치려고 제안하는 게 아니다.

아마네의 부모님은 언제나 사이좋다. 밖에서 함께 걸을 때는 반드시 손을 잡고 서로에게 웃어 주고, 잘 때도 같은 침대를 쓸 만큼 철저하다.

어딜 봐도 서로를 아끼고 사랑하는 두 사람은, 아들인 아마네가 보면 낯부끄러울 만큼 이 주변에서 유명한 원앙 부부다.

원만한 부부 관계에는 둘이서 지내는 것을 빼놓을 수 없다며 함께 목욕하는 부모님이라서, 시호코는 딱히 놀리는 게 아니라 사이좋아지는 방법으로써 제안한 것이리라.

(어차피 우리한테는 불필요한 참견이지만.)

목욕물을 빨갛게 물들일 위험이 있는 아마네로선, 같이 목욕하는 것은 위험하다.

"어머, 청소년. 그래도 되겠니?"

"되고 자시고. 집에서 그럴까 봐?"

"돌아가서 할 생각은 있는 것처럼 들리는걸."

"그건 마히루와 검토해 보겠어……."

나중에 검토해 보겠다는 말이 편리한 표현임은 지난번에 풀장에서 마히루가 한 말로 통감했다.

마히루가 부끄러운 듯이 시선을 이리저리 돌리는 게 보였지만, 사실은 같이 목욕하고 싶다고 도저히 말할 수 없어서 그냥 얼버무릴 수밖에 없다.

솔직히 청소년으로서 부끄러운 건 알고, 피차 이런저런 이유로 죽을 것 같아도, 조금은 동경했다. 아마도 그럴 일은 없겠지만.

싱글벙글 웃으며 이야기를 듣던 슈토는 실룩거리는 아마네의 얼굴을 보고 조금 씁쓸한 느낌으로 입술을 움직였다.

"시호코 씨, 애들을 너무 놀리지 마."

"네~."

슈토가 나서면 시호코도 간단히 얌전해지니까, 정말이지 아버지에게는 감사할 따름이다.

"자, 어머니는 무시하고 다녀와."

"아, 네. 욕실을 빌릴게요."

"아마네도 참 쌀쌀맞구나. 그러면 잘 다녀오렴, 마히루짱."

자꾸 붙잡아 두려는 시호코를 제지하듯 마히루를 보내고, 아마네는 거실로 돌아갔다.

단숨에 지친 듯한 아마네를 보고, 슈토는 "허허허." 하고 온화하게 웃었다.

마히루가 목욕을 마치고 돌아오면, 다음은 아마네 차례다.

단순히 부모님이 둘이서 들어가고 욕조에서 오붓하게 애정 행각을 벌이기 때문에, 아마네가 후다닥 들어가야 한다.

중간에 목욕을 마치고 나온 마히루와 마주쳐서 놀라고, 아마네도 잽싸게 욕조에 들어갔다.

목욕물에 몸을 오래 담그지 못한 건 '마히루가 쓰던 물에 들어

간 건가…….' 라고 생각했다가 몸부림치는 바람에 현기증이
난 탓이기도 하다.

　아마네가 나오자마자 부모님도 욕실로 가서, 거실에서 마히
루와 단둘이 있는 상태였다.

　"사, 사이가 참 좋으시네요."

　시호코의 허리를 안고서 욕실로 간 슈토의 뒷모습을 지켜본
마히루가 불쑥 중얼거렸다.

　"내가 기억하는 한에선 항상 저랬으니까, 익숙해."

　"좋은 가족이라고 생각해요."

　"고마워. 가끔 속이 얹힐 것 같지만."

　"후후."

　아마네가 가슴 언저리를 어루만지고 혀를 내밀자 마히루는 입
가를 가리고 조용히 웃었다.

　"묻겠는데, 여기서 지내는 건 괜찮아? 피곤하지 않아?"

　"괜찮아요. 두 분은 무척 잘해 주시고…… 그게, 진짜 딸처럼
대해 주셔서……."

　"뭐, 우리 부모님은 딸을 원했으니까. 이렇게 귀엽고 착한 애
가 오면 예뻐하고 싶어지겠지."

　"그, 그렇군요."

　부모님은 마히루를 매우 반갑게 받아들이고 있다.

　물론 마히루의 성격이 좋은 것이 가장 큰 요인이고, 마히루니
까 시호코가 그토록 마음에 들어서 예뻐하는 것이다.

　마히루는 귀엽다는 말에 수줍은 듯 뺨을 희미하게 붉혔다.

"뭐하면 우리 부모님에게 응석을 부려도 상관없어. 우리 부모님은 내가 크면서 자식의 응석에 굶주렸으니까. 원하는 게 있다거나, 데려가 줬으면 하는 곳이 있으면 졸라 보라고."

부모님, 특히 시호코라면 마히루가 뭔가 희망하면 활짝 웃고 들어줄 것 같다.

"그런 걸 조를 수는 없어요. 하지만……."

"하지만?"

"다, 다 같이 외출해 보고, 싶어요……."

마히루가 말을 덧붙였다.

"가족들끼리 나들이를 나가는 게 꿈이었거든요."

숨소리에 묻힐 정도로, 정말로 작고 힘없는 그 말을 듣고, 아마네는 한순간 가슴이 먹먹해졌다.

가족과 불편한 관계인 마히루에게, 시호코와 슈토와의 교류는 가족 체험처럼 느껴지겠지.

그럴 거면 차라리 정말로 가족이 되었으면 싶지만, 그건 아직 아마네의 독단으로 정할 수 없는 일이므로 입 밖에 내지 않는다.

"그래. 어머니한테 말해 둘게. 마히루는 어딜 가야 할지 모를 테니까 어머니가 멋대로 정하겠지."

그렇기에 아마네는 그 부분은 건드리지 않고, 가족끼리 마히루와 함께 지내자고 마음먹었다.

"역시 어딘가의 레저 시설이나 쇼핑몰에 가겠지. 가고 싶은 곳이 있으면 말해. 안 그러면 이상한 데 끌려갈걸?"

"후후. 아마네 군과 두 분이 계시면 어디든지 좋아요."

"그렇게 말하면 이상한 데 데려갈걸, 우리 어머니는……."

아마네의 말에 즐겁게 웃는 마히루를 보고, 아마네는 슬며시 안심했다. 그리고 옛날에 갔던 이상한 외출 장소를 말해서 마히루의 얼굴에서 더욱 웃음을 끌어냈다.

제13화 곁에 있는 것이 당연한

이동으로 지쳤는지, 부모님의 언동에 지쳤는지, 깨어나 보니 아침과는 거리가 먼 시간대였다. 구체적으로 말하자면, 한 시간만 더 있으면 낮 12시가 된다.

몸을 일으켜 어느새 바닥에 떨어진 이불을 주워서 개고, 하품을 쩍 했다.

(오늘은 아직 일정을 잡지 않았지?)

마히루는 넷이서 외출했으면 좋겠다고 했지만, 그건 아직 부모님께 전하지 않았다. 그리고 아마네는 귀성 후 며칠 동안은 몸을 쉬면서 집에 있을 작정이었다.

그래서 대낮에 일어나도 문제는 없지만, 여름 방학이라고는 해도 너무 게으른 것 같기도 하다.

느릿느릿 일어나서 천천히 옷을 갈아입고 차림새를 정리해서 거실에 가 보니, 당연하게도 이미 마히루가 있고, 슈토와 시호코와 함께 테이블을 에워싸고 있었다.

뭔가 커다란 책 같은 것을 가만히 보는 마히루는, 눈을 희미하게 빛내고 있었다.

"안녕, 잘 잤어? 뭘 봐?"

"아, 안녕히 주무셨어요?"

잠기운을 하나도 찾아볼 수 없는 표정으로 인사를 마친 마히루는 다시 책으로 시선을 돌렸다.

뭔가 싶어서 아마네도 덩달아 시선을 돌리고, 이어서 손바닥으로 얼굴을 감쌌다.

"저기 말이야……. 왜 본인이 없는 자리에서 앨범을 보고 있는 건데……."

아마네는 눈에 익은 어린아이가 흙투성이로 있는 사진을 보고 신음했다.

부모님은 기념사진을 잘 찍는 편이고, 추억을 소중히 여기는 성격이다. 그래서 앨범이 있는 것 자체는 이상하지 않다. 그것을 마히루에게 보여줬다는 것이 문제다.

활짝 펼쳐진 앨범에는 어린 시절 아마네의 사진이 있다. 지금과 비교해서 귀여운 구석도 있고 순진무구한 아마네가, 대체로 뭔가 사고를 친 모습이 사진에 담겨 있었다.

흙투성이로 울상을 지은 자신의 모습을 보고 혀를 차고 싶어지면서, 아마네는 화기애애한 분위기 속에서 사진을 보여주던 시호코에게 눈을 흘겼다.

"어? 네 귀여운 사진을 보고 싶었니? 그러면 더 빨리 말하지 그랬니."

"아니라고. 본인 허락도 없이 보여주지 말란 말이야."

"보면 안 되나요……?"

"안 되는 건 아닌데, 그 뭐냐. 창피하잖아."

"귀여운걸요."

"남자한테 귀엽다는 말은 칭찬이 아니야."

멋지다면 또 모를까, 귀엽다는 말은 어딜 봐도 칭찬할 때 쓰는 말이 아니다.

어린아이의 순수함이 사랑스럽다는 의미임을 알면서도, 달갑지 않다.

아마네가 고개를 홱 돌리자 세 사람이 웃는 소리가 들렸다.

"뭐가 어때서 그러니. 마히루짱은 아마네한테 푹 빠졌는걸?"

"그건 무조건 아이 때가 더 보기 좋다는 의미일걸?"

"지, 지금의 아마네 군이 있어서 그렇게 생각하는 거니까요."

"시이나 양은 정말로 아마네를 좋아하는구나. 부모로서는 시이나 양처럼 참한 사람이 우리 아마네의 곁에 있어 주어서 기쁘지만."

슈토가 말하자 시야 한구석에서 마히루가 눈을 내리뜨고 몸을 움츠렸다.

아마도 칭찬을 들어서 부끄러워하는 거겠지만, 자신도 모르는 사이에 흑역사가 폭로된 데다가 사고를 친 사진이 공개당한 아마네가 훨씬 더 부끄럽다.

불만을 드러내듯이 소파에 털썩 걸터앉은 아마네에게, 부모님이 미소를 지어 보였다.

"삐지지 마. 어떤 너라도 받아주는 착한 아이가 곁에 있어 주는 건 사실이잖아?"

"그건 그렇지만……."

"뭐, 우리에게 보고하지 않은 건 조금 슬프지만."

"윽."

시호코를 통해서 들었는지, 마히루에게 직접 들었는지는 모르겠지만, 슈토도 아마네와 마히루가 교제한다는 사실을 안 듯하다.

"일일이 사귄다 어쩐다 말하는 건 부끄럽잖아……."

"그래도 말해 줬으면 했는데. 뭐, 눈치는 챘지만."

"그야 아마네가 여자애를 집에 데려온 시점에서 말이지. 애초에 너희는 알기 쉬웠고."

"시끄러워. 그래, 사귄다고. 불만 있어?!"

"정말 솔직하지 못하구나. 이런 애로 괜찮겠니, 마히루짱?"

"저기, 아마네 군은 수줍음을 타는 거라서요……. 그런 아마네 군도 좋아하고요."

"어머나, 어머나."

"사이좋아 보여서 안심되는구나."

흐뭇하다는 듯이 마히루를 보면서 아마네에게도 똑같은 시선을 주는 부모님 때문에 아마네의 피로감은 커질 뿐이다. 더는 반응할 기력도 생기지 않았다.

(고향인데 원정 온 기분이네…….)

부모님의 성격으로 봐서 이렇게 될 것임은 예상했지만, 역시 아들로서는 몹시 거북하고 불편했다. 친아들보다 마히루가 부모님에게 더 환영받고 잘 지내고 있으니까 정신적으로 편안할 수가 없다.

"후." 하고 한숨을 쉬고, 아마네는 자포자기한 느낌으로 앨범을 무릎에 올려서 페이지를 넘겼다.

마히루가 즐겁게 보던 사진은 역시 아마네의 실수만 담은 것이 많다. 단순히 기념으로 찍은 사진도 있지만, 어린아이가 사고를 쳤을 때 찍은 것이 많다.

여장 사진도 있어서 식겁했다.

아마네는 성장이 느렸던 중학교 시절 중반까지는 굳이 말하자면 앳되게 생겨서, 시호코가 장난으로 여자 옷을 입힌 적이 있었다.

2학년 때부터는 키가 쑥 커서 그러지 못하게 되었지만, 뒤에서 계집애처럼 생겼다는 소리를 들은 것은 씁쓸한 기억이다.

(그리운걸…….)

과거에 아마네와 친했다가 갈라진 그들의 기억도 자연스럽게 떠오른다.

그들을 피하려고 고향에서 멀어졌지만, 지금은 좋든 나쁘든 옛날 일이라고 냉정하게 생각하고 있다. 감상에 젖을 마음도 없다.

그냥 고향에서 진학한 그들과 어쩌다가 마주치기라도 하면 싫겠다고 생각하는 정도다.

번잡한 마음을 떨쳐내려는 듯이 앨범을 닫고 고개를 들자 마히루가 아마네의 안색을 살피는 것이 보였다.

"저, 저기. 화났어요……?"

"왜 그래야 하는데. 단순히 추억에 잠겼을 뿐이야."

아마네가 언짢은 기색인 것 같아서 불안한 듯한 마히루를 보고 어깨를 으쓱한 다음, 아마네는 앨범을 테이블에 돌려놨다.

마히루에게 걱정을 끼칠 수도 없고 해서, 부모님이 흐뭇하게 보는 것은 내키지 않지만, 슬쩍 손을 뻗어서 머리를 쓰다듬어 주었다.

마히루는 잠시 눈을 휘둥그레 떴지만, 금방 눈을 희미하게 뜨고 배시시 미소를 지었다.

예상대로 시호코가 흐뭇하게 보는 것을 무시하고, 아마네는 불안해하는 마히루를 달래듯이 부드럽게 머리를 쓰다듬었다.

귀성 3일째. 마히루는 완전히 아마네의 집에 익숙해졌다.

"어머, 마히루짱. 잘하는구나."

주방에서 앞치마를 걸친 세 사람이 사이좋게 뭔가 과자를 만들고 있다. 아마네는 도움도 안 되는 데다가 불리지도 않았으므로, 거실에서 혼자 세 사람이 뭘 하는지를 멀찍이 구경할 수밖에 없었다.

모처럼 멀리서 찾아온 손님이라며, 시호코와 슈토는 마히루를 하나하나 잘 챙기고 있다. 친아들보다 마히루를 우선하는 듯, 아주 신나서 함께 시간을 보냈다.

귀엽고 순수하고 착한 여자애이자, 아들의 여자친구를 예뻐하는 마음도 이해할 수는 있지만, 정작 아들은 방치 중.

딱히 그럴 일도 없으니까 관심을 받고 싶지는 않지만, 이토록 방치하면 참 마음이 복잡해진다.

마히루는 시호코나 슈토가 말을 걸고 귀여워하는 것이 기쁜 눈치니까, 그 점은 아마네도 기쁘다.

사이좋은 가족을 동경하는 마히루가 진짜는 아니어도 이렇게 가족을 느낄 수 있다면, 아마네는 조금 무시당해도 좋았다.

아마네에게 조금 난감한 것은 부모님이 마히루에게 관심을 쏟는 바람에 아마네 자신이 마히루와 지낼 시간이 줄어들었다는 점이리라.

(상관없어. 내려가면 함께 지낼 수 있으니까.)

지금 아마네가 사는 집으로 가면 다시 마히루와 둘만의 시간으로 돌아갈 수 있음을 알지만, 그래도 역시 마음이 복잡했다.

아무튼 지금은 마히루도 부모님과 이야기하는 데 정신이 없고, 부모님도 마히루에게 관심을 쏟느라 바쁘므로, 아마네는 불편함에서 도망치듯 거실을 나와 자기 방으로 돌아갔다.

접이식 탁자 앞에 앉아 가져온 참고서를 펼쳤다.

할 일도 없고, 방에 있는 오락거리의 태반을 지금 사는 집으로 가져가서 이런 걸로만 시간을 때울 수밖에 없다. 어찌 됐든 여름 방학이 끝나면 시험이 기다리고 있으므로 등수를 유지하려면 공부할 필요가 있는 데다가, 애초에 좋아하는 거라서 힘들지도 않았다.

참으로 학생답게 공부에 힘쓰면서, 조용히 시간을 보낸다.

새로운 참고서도 술술 풀리는 것은 평소 노력한 덕택이겠지. 부모님도 격려했고, 무엇보다 마히루의 옆에 있으려는 노력을 게을리하지 않았으니까, 그 성과가 보이는 것이다.

주방 쪽은 참 화기애애하겠다고, 답안을 맞춰 볼 때 멍하니 생각하면서 빨간색으로 동그라미를 쳐 나간다. 사소한 실수는 있어도 거의 정답을 내놓아서 안심하면서, 아마네는 조용한 공간에서 사라졌을 터인 불편함을 느꼈다.

(애초에 혼자 지내는 게 당연했는데, 언제부터 옆에 사람이 없으면 허전해진 걸까.)

틀림없이 마히루 탓이다.

마히루가 있는 것이 당연해지면서, 이렇게 혼자 있는 것을 허전하게 느끼게 되었다.

심심풀이로 빨간 잉크로 가득 찬 펜을 빙글빙글 돌리면서, 아마네는 작게 한숨을 쉬었다.

"금방 끝났네."

본래라면 기뻐해야 할 일을 한탄하듯 뇌까리고 펜을 샤프펜슬로 바꾸려고 했을 때, 문에서 세 차례 딱딱한 소리가 울렸다.

"아마네 군."

문 두드리는 소리 다음에 들려온 것은 마히루의 나지막한 목소리다.

주방에서 요리하고 있는 줄 알았는데, 시계를 힐끗 보니 두 시간 정도 지난 걸 보면 요리가 끝난 듯하다.

"왜?"

"아뇨, 저기, 어느새 자리에 없어서……."

"공부하고 있었어. 심심했으니까."

설마 두 시간이나 지났을 줄은 몰랐지만, 그만큼 집중할 수 있었던 거겠지. 아니, 다른 의미로 마음이 차분하지 못했지만, 그걸 머릿속에서 몰아내려고 공부에 의식을 집중했다는 표현이 올바르다.

"그랬군요. 저기, 방에 들어가도 될까요."

"되는데, 우리 부모님하고 이야기하지 않아도 돼?"

"지금은, 아마네 군과 이야기하고 싶어요."

신경을 쓰게 한 걸지도 모른다. 안 그러면 굳이 아마네의 방을 찾아오지 않았을 터이다.

아직 미숙하다며 반성하고, 아마네는 쫓아낼 수도 없이 "들어와."라고 문을 열어 줬다.

열린 문밖에서는 쟁반을 든 마히루가 침착하지 못한 기색으로 아마네의 눈치를 보듯 서 있었다.

보아하니 아까 만든 것으로 추정되는 슈크림과 카페오레가 쟁반에 2인분 올라가 있다.

"실례할게요……."

머뭇거리듯 들어오니까, 아마네도 조금 멋쩍다.

서둘러서 참고서와 필기도구를 치우고 마히루용 쿠션을 꺼내서 놓은 다음, 마히루에게 쟁반을 받아서 접이식 탁자에 놓았다.

예쁘게 부푼 슈크림은 정말 완성도가 뛰어나서, 봐서는 케이크 가게에 둬도 좋을 정도다. 마히루가 만든 거니까 맛도 좋겠지.

"방금 막 만든 거예요. 별로 식지는 않았는데요……."

"응, 고마워."

일부러 가져와 준 거니까 순순히 고맙다고 말하자, 어째서인지 마히루가 불안한 듯이 눈을 내리떴다.

"아마네 군, 화나지 않았나요?"

"왜?"

"부, 분위기가 싸늘해요. 다가가기 힘들다고 할까요."

아무래도 들킨 듯하다.

하지만 다른 것이 있다면, 딱히 화내는 것도 아니라는 점이다. 마음이 복잡하고 쓸쓸한 기분은 들었지만, 분노는 전혀 없다. 애초에 부모님과 마히루 모두 잘못한 구석이 없으니까, 단순히 아마네 혼자 속이 답답했을 뿐이다.

"화난 거 아니야. 단순히 마히루를 빼앗겨서 쓸쓸했던 거지."

"어…… 저기, 그건……."

"미안해. 마히루가 우리 부모님과 같이 지내서 즐거운 건 알아. 그냥 나 혼자 속이 틀어진 거야."

스스로 생각해도 참 유치하다고 웃고 어깨를 으쓱한 다음, 마히루가 타 준 카페오레를 한 모금 마셨다.

마히루가 가족에 목마른 것은 아마네도 잘 아니까, 따스하게 지켜보면 됐을 텐데. 외롭다고 도망친 아마네의 잘못이다.

마히루가 행복하면 그걸로 족하다고 생각했지만, 혼자 덩그러니 남겨지는 것이 싫어서 이렇게 혼자 있는 것을 선택한 것이다. 이걸로 기분을 상하는 건 이기적이므로, 마히루나 부모님에게 성질을 낼 수가 없다.

컵을 내려놓고 한숨 돌리는 아마네를, 마히루가 조용히 바라보더니—— 가슴팍에 바짝 달라붙었다.

굳이 말하자면 가슴팍에 몸을 기대듯 밀착했는데, 아마네로선 갑작스러운 스킨십이 당혹스러울 따름이다.

갑자기 왜 이러나 싶었지만, 좌우지간 달래려고 등을 가볍게 토닥토닥 두드려 주자 마히루가 천천히 고개를 들어 아마네의 눈을 똑바로 바라봤다.

"아마네 군의 부모님과 지내는 것도 물론 즐겁고 행복하지만, 가장 행복할 때는 아마네 군의 곁에 있을 때니까요."

그렇게 속삭이고, 마히루는 머뭇거리는 동작으로 아마네의 뺨에 입술을 댔다.

희미하게 부드러운 느낌을 느꼈을 때는 이미 마히루의 얼굴이 뺨에서 멀어졌다.

아까와 다르게 발갛게 물든 뺨과 촉촉하게 젖은 눈을 보고, 아마네도 무의식중에 마히루의 보드라운 뺨에 입을 맞췄다.

(나도 참 멍청하구나⋯⋯.)

멋대로 토라진 아마네는, 참 멍청한 자식이다. 마히루는 이토록 아마네를 생각해 주는데.

마히루를 좋아한다고 다시 깨닫고, 아마네는 흘러넘칠 것만 같은 마음을 매끄러운 뺨에 표현해 나갔다.

뺨이라고는 해도, 키스는 아직 익숙하지 않다. 그건 마히루도 마찬가지라서, 아마네의 입술이 닿을 때마다 몸을 옴찔옴찔 떨었다.

© Hanekoto

처음에는 수치심에 도망칠 것 같은데, 아마네가 꼭 끌어안아 부드럽게 몸을 만지자 서서히 아마네에게 몸을 맡기고 편안하게 눈가에 미소를 지었다.

가끔 마히루가 복수하듯이 싱그럽게 웃으면서 아마네의 뺨에 입술을 대니까, 아마네로선 너무 귀여운 나머지 힘껏 끌어안을 수밖에 없었다.

"저기, 마히루⋯⋯."

잠시 서로 키스한 뒤, 아마네는 마히루의 눈을 들여다봤다.

마히루는 이미 부끄러움과 기쁨에 한데 섞여서 풀어진 표정으로 아마네를 쳐다보고 있었다.

"있잖아. 내일, 둘이서 외출할까? 우리 부모님은 일하는 날이니까."

"둘이서, 말인가요?"

"내 고향을 아직 안내하지 않았으니까. 지금 사는 데와 비슷하게 별로 볼 것도 없는 동네지만."

그냥 둘이서 함께 있고 싶으니까 제안한 것인데, 마히루는 눈을 동그랗게 뜨더니 이어서 키스했을 때보다도 부드럽게 풀린 미소를 지었다.

"갈래요. 저기, 아마네 군과 함께라면, 어디라도."

"그래."

"오늘은, 조금만 더 이렇게 있고 싶어요. 아마네 군의 부모님도, 아마네 군과 지내고 오라고 하셨거든요."

"괜한 참견을⋯⋯이라고 말하고 싶은 참이지만, 들킨 내가 잘못한 거겠군."

　부모님도 아마네를 신경 쓴 것 같다.

　더더욱 자신이 멍청하게 느껴져서 몸을 떨듯이 웃고, 아마네
는 천천히 마히루의 몸을 밀어냈다.

　마히루는 몸을 밀어낸 것에 충격을 받은 눈치였는데, 아마네
가 슈크림을 손으로 가리키고 "마히루가 만든 과자를 먹고 싶
어서."라고 속삭이자 금방 수줍은 듯 눈을 내리떴다.

　"같이 먹자."

　"네."

　끌어안는 대신 마히루의 옆에 앉아 손을 잡자 얼굴에 따스한
미소가 번졌다.

제14화 | 과거와의 재회

"오늘은 너희끼리 외출할 거지?"

아침에 넷이서 식탁 앞에 앉았을 때, 막 떠올린 것처럼 시호코가 말을 꺼냈다.

먼저 외출 이야기를 전한 것이 실수였다고, 아마네는 흐뭇하게 반응을 보이는 시호코와 슈토를 보고 깨달았다.

다만 놀리려는 것은 아닌지 "집에서 틀어박혀 있으면 답답할 테니까."라며 담백한 태도를 보였다.

"뭐, 딱히 어디 놀러 가는 것도 아니고. 그냥 가볍게 산책하러 갈 거야."

"아직 밖에 나가 본 적이 없어서 기뻐요."

여기에 오고 3일 동안, 마히루는 첫날에 슈토와 장을 보러 갔을 때를 제외하고 그 뒤로 쭉 집에서 시간을 보냈다. 부모님이 관심을 쏟아서 그런 탓도 있지만, 익숙하지 않은 동네를 어슬렁어슬렁 돌아다닐 수도 없으리라.

어쩌면 부모님이 데리고 나가지 않을까 생각했는데, 두 분은 집에서 느긋하게 지내기로 했으므로, 안내 정도는 아마네가 하자고 생각한 것이다.

"진짜로 이 주변에는 공원하고 슈퍼밖에 없거든? 시내로 나가면 다르지만, 거기까지 갈래?"

"아뇨. 아마네 군과 산책하기만 해도 좋아요. 같이 걷기만 해도 행복한걸요."

"그렇구나……."

알기는 하지만, 마히루는 외출하는 장소를 기대하는 것이 아니다. 외출하는 행위 자체―― 더 말하자면, 아마네와 지내는 시간을 기대하는 듯해서, 그 마음이 아마네의 가슴을 화끈 달아오르게 했다.

표정만 봐도 아마네와 함께 있는 것으로도 만족한다는 것을 알 수 있으니까, 기쁨과 부끄러움 등등으로 시선이 약간 내려가고 말았다.

"뭐라고 할까, 이미 연인을 뛰어넘은 거 같구나."

"우리도 젊었을 때 저랬죠."

"아니, 시호코 씨는 시이나 양처럼 얌전하지 않았거든?"

"어머, 말이 심해요."

"그런 시호코 씨가 귀여웠던 거지만."

"어머나."

수줍어하는 시호코와 자연스럽게 칭찬하는 슈토를 아침부터 참 뜨겁다는 감상을 품으면서 방치한 뒤, 아마네는 시호코가 만든 오믈렛을 입에 넣었다.

평범하게 맛있지만, 역시 마히루의 요리가 더 좋다고 생각하는 것은 요리 솜씨 이전에 마히루가 해 주는 요리니까 그런 거겠지. 마히루의 요리가 완전히 친숙해진 아마네는 시호코의 요리가 조금 부족하고 느끼고 만다.

다음에 아침밥을 부탁해 보자고 생각하면서 마히루를 봤더니, 동경과 부러움과 아주 조금의 부끄러움이 뒤섞인 눈으로 아마네의 부모님을 보고 있었다.

뭘 생각하는지 어렴풋이 알 수 있어서, 아마네도 조금 부끄러워졌다.

(아무래도 이 정도는 어렵겠지만…….)

그래도 사이좋은, 마히루가 상상하는 관계가 되면 좋겠고, 되고 싶다고 생각했다. 아직 본인에게는 말할 수 없지만.

언제까지고 금실이 좋은 부모님을 새삼스럽게 지켜본 아마네는, 언젠가 있을 미래를 상상하고 남몰래 얼굴을 붉혔다.

"그러면 출발해 볼까."

부모님이 일하러 나가고 얼마 후, 아마네는 소파에 앉아 있는 마히루에게 말을 건넸다.

아직 오전이지만, 멀리 나갈 생각은 없다. 천천히 동네를 산책하는 정도이니까 점심 전에도 문제가 없겠지. 점심때 집에 돌아와서 마히루가 카르보나라를 만들 예정이니까, 너무 오래 밖에 있지는 않을 것이다.

"네. 저는 다 준비했어요."

"뭐, 준비라곤 해도 산책하러 나가는 거니까 챙길 건 많지 않겠지만. 시내는 다음에 나갈 예정이고."

"데, 데이트, 인가요?"

"그래, 데이트. 오늘은 바람을 쐬러 나가는 거야."

갑자기 내일 데이트를 하자고 말해도, 여자는 준비할 게 있을 것이다. 그러니까 오늘은 어디까지 가벼운 외출로 삼을 예정이다. 데이트란 단어의 의미만 생각하면 데이트가 맞을지도 모르지만, 그것과 이것은 필요한 마음가짐이 다르다.

기왕 데이트를 할 거라면 하루를 다 써서 외출하고 싶으니까, 오늘은 그저 같이 걷는 정도로만 한다.

다음에 데이트하자는 말에 마히루는 기쁨을 감추지 못한다. 아주 기쁜 눈치로 희미하게 웃음을 띠고 있다.

"데이트, 기대할게요."

"응. 계획을 짤 테니까 적당히 기대해 줘."

"아마네 군과 함께라면 어디든 좋다고 했지만요."

"그건 알지만, 기왕이면 기뻐해 줄 곳이 좋잖아."

아마네와 함께 있기만 해도 마히루가 만족한다는 것은 본인의 입으로도 말했고, 표정으로도 알 수 있지만, 그래도 기쁘게 해 주고 싶은 것이 남친의 마음이다.

"뭐, 다음 주 이야기야. 지금은 그냥 산책하자."

"네."

아마네가 손을 내밀자 당연하다는 듯이 잡아 줬다.

그것이 낯간지러워서, 아마네는 슬쩍 웃고 쑥스러움을 감추며 마히루의 손을 잡아끌고 집을 나섰다.

1년 정도 돌아오지 않았다고는 해도, 집 주변이 그렇게 많이 바뀔 리가 없다. 조금 그리운 기분을 느끼면서 친숙한 길을 걷는다.

　그동안에도 둘이서 손을 잡고 있었는데, 방학 중인 학생으로 보이는 소년 소녀들이 지나칠 때마다 부러운 눈치로 마히루를 보니까 조금 재밌어서 웃음이 나왔다.

　그만큼 마히루가 미인이라는 증거이기도 하지만, 주목하는 사람들이 많아서 재밌었다.

　"왜 웃죠?"

　"응? 마히루가 미인이니까, 사람들 눈길을 끄는 것 같아서."

　"아마네 군 말고 다른 사람이 빤히 봐도 아무렇지 않은데요."

　"내가 빤히 본다면?"

　"얼마든지 보여줄 건데요……?"

　놀리듯이 짓궂게 웃는 마히루에게 "그러면 집에서 마음껏 보고 싶은걸."이라며 아마네도 덩달아 웃고, 손을 잡고서 근처 공원에 발을 들였다.

　이 공원은 비교적 넓고 녹음도 풍부해서, 동네 사람들의 쉼터로 자리를 잡고 있다.

　널찍한 모래밭에서는 어린아이들이 요란하게 소리를 지르면서 흙장난을 하고 있고, 정글짐에 딸린 미끄럼틀에서는 차례대로 미끄러지면서 놀고 있다. 아이들의 부모는 근처 벤치에서 지켜보고 있거나, 아이들과 함께 놀고 있다.

　참으로 일상적이고 마음이 푸근해지는 광경에, 둘이서 나란히 슬쩍 웃었다.

"다들 기운이 넘치네요."

"나는 저런 기운이 없으니까. 이젠 저렇게 뛰어놀 수 없어."

"아마네 군은 애초에 뛰는 걸 좋아하지 않잖아요."

"아니, 뛰는 건 보통이야. 체육 시간에 정해진 속도에 맞춰 뛰는 게 싫을 뿐이야."

체육이 싫은 사람이라면 공감할 이야기인데, 몸을 움직이는 것은 싫지 않아도 다른 사람이 본다거나 정해진 동작을 요구받는 것이 싫은 사람이 있다. 아마네도 그런 유형으로, 혼자서 자기 취향에 맞춰 운동하는 것은 그럭저럭 좋아하는 편이다. 학교 체육이 싫을 뿐이지 운동 자체는 별로 싫어하지 않는다.

"그러면 아이들하고 같이 놀다 올래요?"

"완전 수상한 아저씨잖아. 게다가 마히루를 두고 가지는 않아. 넌 치마 차림이라서 뛰거나 쪼그려 앉을 수 없잖아."

"그러네요. 하지만 조금 부러워요. 저는 어렸을 적에 저렇게 논 적이 없어서……."

기본적으로 혼자서 뜰에서 놀았다고 작게 덧붙인 마히루를 보고, 아마네는 작은 손을 다시 쥐었다.

"지금은 놀 수 없지만…… 그 뭐냐, 언젠가 놀 기회가 생겼으면 좋겠어."

"네? 그, 그래요……?"

마히루는 잘 이해하지 못한 눈치였지만, 아마네로선 아쉬운 한편으로 눈치채지 못해도 좋다고 생각했다.

나중에 고등학교를 졸업할 때 정식으로 말할 생각이니까, 지

금은 몰라도 된다. 천천히, 마히루가 가족의 의미를 생각하게
하면 된다.

아마도, 거절당할 일은 없을 것이다.

고개를 갸우뚱한 마히루에게 웃어서 얼버무리고, 아마네는
부드럽게 손을 잡아끌어서 공원을 천천히 걸었다.

되도록 그늘진 곳을 천천히 걸으면서, 화단에 핀 꽃을 구경하
거나, 나무 틈새를 지나가는 시원한 바람을 느끼거나 하면서,
무척 느긋한 시간을 보냈다.

가끔 산책 중이던 집 근처 동네 아주머니가 말을 걸고 "어머,
후지미야 씨네 아들이잖니."라고 싱글벙글 웃으면서 보거나
축하해 주거나 하는데, 싫지는 않으면서도 낯부끄러운 기분이
강하게 들었다.

그런 식으로 제법 오래 걸어서, 두 사람은 휴식차 자판기에서
마실 것을 사고 나무 그늘에 있는 벤치에서 숨을 돌렸다.

"그나저나 마히루는 이제 완전히 우리 집에 익숙해졌는걸."

스포츠음료를 마시고 한숨 돌렸을 때 마히루에게 말을 걸었더
니, 갑작스러운 화제에 캐러멜 빛깔을 띤 눈이 확 커지고, 이어
서 부드럽게 풀렸다.

"그러네요. 정말 감사해요."

"오히려 나보다 익숙해졌어."

"그, 그래요?"

"그래, 익숙해졌어. 이제는 고향집 수준이야."

원래부터 후지미야 집안에서 살았다고 해도 이상하지 않을 정

도로 마히루는 아마네의 가족과 친해졌고, 사랑받고 있다. 물론, 가족 셋이 모두 귀여워하는 거지만.

아마네 자신을 제외하더라도, 부모님이 눈에 넣어도 아프지 않을 수준으로 귀여워하니까, 마히루도 안심하고 지낼 수 있는 듯하다.

"우리 집에 와서 즐거워?"

"네. 후후. 정말이지 아마네 군의 집에 와서 즐거운 일밖에 없어요. 슈토 씨도 시호코 씨도, 정말 잘해 주시니까요."

"나보다 귀여워하니까 말이야."

"아마네 군, 삐치면 안 돼요."

"삐치지 않아. 마히루가 있으니까."

"네……."

아마네 자신은 언젠가 한식구가 되었으면 좋겠다고 생각하고 있다. 따라서 부모님이 자신을 방치하는 것은 일단 넘어가더라도, 마히루가 환영받는 것은 기쁠 따름이다.

애초에 마히루가 있으면 그걸로 족하고, 마히루가 아마네의 품으로 돌아올 것은 명백하니까, 부모님이 관심을 쏟든 말든 아무런 문제가 없다. 둘만의 시간이 줄어드는 점에선 조금 마음이 복잡해지지만, 지금 사는 집으로 돌아가면 마히루를 독점할 수 있다.

마히루는 그 말에 수줍어하는지 팔뚝에 이마를 대고 얼굴을 감추려고 해서, 아마네는 그 모습도 참 귀엽다는 생각에 머리를 쓰다듬어 주려고 했다.

"후지미야……?"

자신을 부르는 목소리가 들려서, 마히루를 쓰다듬으려는 손이 멈춘다.

어느새 근처에 인기척이 있었다. 둘이서 이야기하는데 정신이 팔려서 사람이 다가오는 것을 알아차리지 못한 것이다.

(그랬지. 고향에 돌아오면 마주칠 가능성이 있었어.)

한때는 떠올리는 것도 정말 싫고, 꿈에서 보는 것도 꺼렸던 존재. 이미 고향을 떠난 아마네와는 관계가 끊겼지만, 우연히 얼굴을 마주칠 가능성도 생각해야 했다.

마음속 일부에서는, 어쩌면 만날지도 모른다고 생각했었다.

그런 불안을 머릿속에서 쫓아낼 수 있었던 것은, 마히루가 있었던 덕분이리라.

숨을 한 번 내쉬고, 움직임을 멈춘 아마네가 손을 내려서 목소리가 들린 곳을 보자──다른 의미로 그리움을 느끼게 하는 남자가 눈에 들어왔다.

제15화　과거와의 결별

"진짜로 후지미야였냐. 이름을 안 들었으면 누군지 못 알아볼 뻔했는걸."

과거에 친구였지만, 지금은 그렇게 보지 않는 남자…… 토죠는 아마네가 마지막으로 얼굴을 본 중학교 졸업식 이후로 크게 달라지지 않은 외모와 분위기로, 아마네를 보고 있다.

아마네는 반대로 그와 거리를 두고 2년이 가까이 지나서 인상과 마음이 변했고, 지금은 외출용 머리 모양과 복장으로 왔으니까 한눈에 알아보지 못한 거겠지.

옛날의 아마네밖에 모르는 사람이 지금 모습을 아마네로 인식하기 어려운 것은 마히루와의 관계를 밝혔을 때 실감했으므로, 토죠의 반응에 당혹할 일은 없다.

여전히 경박함이 물씬 드러나는 웃음은 장르가 비슷할 터인 이츠키와는 딴판이다. 이츠키는 조금 껄렁하고 익살스러운 면이 있어도 시원시원한 호남으로 보이지만, 토죠는 불량한 느낌으로 경박하다.

아마네의 무반응을 보고 토죠가 조금 불쾌한 눈치로 미간을 찡그리지만, 금방 씩 웃었다.

"오랜만에 보는걸, 후지미야."

"그래."

"다른 동네로 갔다고 했던가? 지금 돌아왔냐?"

"여름 방학이니까 귀성할 수도 있지. 잘 지내는 것 같아서 다행이야."

생각보다 무난하게 대꾸한 것은, 놀라기는 했어도 동요하지 않았기 때문이리라.

아마네는 이미 마음의 정리를 끝냈다.

그들은 아마네의 고향에 사니까 있는 게 당연하고, 이렇게 마주친 건 단순히 우연이다. 게다가 지금은 그들과 함께하지도 않고, 관계도 없는 생판 남이다.

옛날 생각을 하면 가슴속에 조금 응어리가 지지만, 옆에 있는 마히루의 온기를 느끼면 금방 개운해진다.

"그 아이, 누구야? 설마 길거리 헌팅?"

"그럴 리가 있겠어? 여자친구야."

"흐응."

점수를 매기는 듯한 눈으로 마히루를 보는 토죠가 여자친구란 말에 못마땅한 표정을 지었다.

가깝게 지내던 시절에 이따금 보였던 표정인데, 지금은 이 표정의 이유를 아마네도 이해한다.

그것은 자신에게 없는 것을 상대가 가지고 있을 때 보이는 얼굴이었다.

"시건방지게 여자나 끼고 다니냐. 울보에, 얼굴만 곱상하게 생겼던 남자가 말이야."

토죠는 야유하는 투로 웃지만, 아마네는 아무렇지도 않았다. 상처받을 줄 알았는데, 아무 느낌도 들지 않는다. 어디서 산들바람이 불었나 싶은 정도라서, 아픔도 느끼지 않았다. 오히려 옆에 있는 마히루가 아마네를 비웃는 말에 화내지 않을까 걱정했다.

슬쩍 보니, 마히루는 눈을 깜짝이고 있었다.

그리고 싱긋 미소를 지었다.

마히루의 미소에는 몇 가지 종류가 있는데, 지금 지은 미소가 어떤 건지는 가까이 지내는 아마네도 알 수 없다. 지난번 체육대회 때 아마네가 조금 무시당했을 때나 풀장에서 헌팅남에게 보인 것과는 다른, 감정을 파악할 수 없는 미소다.

그 미소가 과연 안심해도 좋은 종류인지 알 수 없어서 마히루의 반응에 불안을 느꼈더니, 토죠가 히죽 웃었다.

"네 여친은 알아? 지금은 좀 멀쩡하게 보이지만, 옛날에는 계집애 같이 생겼다고 놀리면 울상을 지었는데."

"그런 일도 있었지."

악의가 있는 말도 전혀 와닿지 않았다.

옆에 마히루가 있고 손을 잡아 주는 덕분이기도 하지만, 아마네가 토죠와 마주치고 떠올린 것은 옛날의 추억과 이토록 평범한 남자였구나, 하는 생각뿐이다.

옛날에는 토죠가 키도 더 크고, 체격도 좋았다. 시원시원하고 활기차며, 자기 의견도 확고한 남자. 친구도 많았다.

그렇게 자신보다 월등한 인간이 악의를 드러내는 것이 무서웠고, 뒤에서 자신을 헐뜯었다는 사실에, 자신을 배신했다는 사실에 심하게 고통받았다.

지금은 마음이 평온하다. 아무래도 좋다는 것과는 다르지만, 그런 일도 있었다는 수준으로 차분했다. 그 시절의 기억을 떠올려도, 당시처럼 떠는 일은 있을 수 없다.

멀리서 방관하는 듯한 아마네의 밋밋한 반응이 마음에 들지 않았는지, 토죠가 얼굴을 조금 붉히고 눈에 힘을 줬다.

"참 여유로워 보이는데. 여친 아가씨는 왜 이런 녀석하고 사귈 가치가 있다고 생각했어? 집안 말고는 보잘것없는 녀석이잖아. 촌스러운 옛날 모습은 알기나 해?"

이번에는 대화 상대를 마히루로 바꾸려는 것 같은데, 마히루는 변함없이 온화한 미소를 지었다.

"저는, 아마네 군에게 전부 들었어요. 그야 귀여운 얼굴이었다는 이야기는 몰랐지만요……."

"사진을 보려고 할 테니까 말하지 않은 거야."

"후후. 이미 봤지만요."

마히루가 귀여웠다고 나지막하게 덧붙이는 바람에 무심코 못마땅하게 봤더니, 이번에는 본연의 미소가 한순간 드러났다. 곧바로 천사 같은 미소로 돌아갔지만.

마히루의 미소를 보고 한순간 딱딱하게 굳은 토죠에게, 아마네는 슬쩍 웃어 보였다.

"딱히 내키는 대로 말해도 상관없어. 네가 그렇게 느낀다면

© Hanekoto

말이지. 나는 이제 아무렇지도 않고, 내 여자친구도 내 험담을 들었다고 해서 마음이 바뀔 일은 없다고 믿어."

지금의 아마네에게는 토죠를 무서워할 이유가 없다. 서로 좋아하고, 의지하는 상대가 있으니까. 아마네에게는 이미 지나간 일이고, 다 아문 상처이기 때문이다.

아마네의 곁에 세상에서 가장 사랑하는 소녀가 있으니까, 두려워할 이유는 하나도 없다.

"그때 일은, 내게 그저 지나간 일에 지나지 않아, 토죠."

그러니까 무슨 소리를 들어도, 상처받지 않는다── 그런 의미를 담아서 차분한 눈으로 토죠를 봤더니 아마네의 평온한 태도에 짜증이 난 듯, 토죠가 눈꼬리를 세웠다. 하지만 그가 입을 열기 전에 마히루가 말문을 뗐다.

"그러고 보니, 가치가 있냐는 이야기를 하셨죠."

아마네의 옆에서 일어선 마히루의 여자친구는 몸을 반듯하게 세우고 토죠를 응시했다. 한눈에 반할 정도로 의젓한 태도에, 토죠가 조금 허둥댔다.

차갑기 이전에 온도가 없는, 너무나도 고요하고 맑고 총명한 눈빛은, 그저 조용히 토죠를 바라보고 있다.

"당신은 돈만 보고 사귀는 상대를 고르나요? 이용 가치의 유무만 보고 친구를 고르나요? 그런 식으로 사람을 골랐다간 당신이 원하는 것을 하나도 얻을 수 없고, 만족하는 일도 없을 거예요."

"뭐⋯⋯?"

"돈은 있었지만, 저는 한 번도 마음을 메울 수 없었어요. 돈이 있어도, 마음은 언제나 허전했어요."

슬며시 가슴에 손을 대고 조용히 중얼거린 마히루. 그걸 본 아마네의 가슴이 먹먹해진다.

집안 사정만 보면 마히루는 행복한 부류일 것이다. 가정부를 둘 정도로 유복한 가정일 테고, 소지품의 질도 좋다. 부모에게 돈만큼은 많이 받았다는 이야기도 들었다.

그렇기에 마히루는 돈의 가치를 별로 중요시하지 않는다. 돈보다도 사람의 온기를 선택한다.

토죠가 있어도 상처받지 않았는데 마히루의 처지를 생각하면 가슴이 아픈 것은, 그만큼 토죠의 존재가 아마네의 머릿속에서 빠져나간 탓이겠지.

"저는 아마네 군과 만나고 처음으로, 마음이 행복으로 가득 찼어요. 사람의 가치는 돈으로, 외모로 정해지는 게 아니에요. 그 사람의 내면에 있는 것으로 정해져요. 저는 사람의 가치를 외적인 요인으로 정할 생각이 없어요."

딱 잘라서 말한 마히루는 토죠를 연민하거나 거절하지도 않고, 그저 평온한 눈으로 바라보고 있다.

"당신이 돈 말고는 가치를 느끼지 않는다면 그래도 상관없겠죠. 타인의 가치관을 부정할 생각은 없어요. 저도 아마네 군이 다른 누구보다도 가치가 있는 사람임을 아마네 군 자신이 알아주면 충분하니까요."

천사의 미소를 마히루 본래의 미소로 바꿔서 아마네를 본다.

이제는 그것만으로 충분했다.

"이제 됐어, 마히루."

"하지만."

"아니, 왠지 듣다 보니 무지막지하게 부끄러워졌으니까…….
기쁘긴 해도 말이지. 그런 말은 단둘이 있을 때만 해 주면 돼."

"네……."

말리지 않았으면 마히루는 아마네의 좋은 점을 설명했을 테
고, 아마네를 얼마나 좋아하는지도 이야기해 주었을 것이다.

그러나 그건 마히루가 해맑게 웃으면서 토죠를 본다는 뜻이
고, 아마네는 그게 아깝다고 생각했다. 아마네에게 토죠는 이
미 타인이고, 엮일 일이 없는 인간이니까.

"고마워."

작게 속삭이고, 아마네는 자리에서 일어나 마히루를 감추듯
이 앞으로 나섰다.

같은 위치에 서면 토죠와 그 주위 사람들과 있었던 일이 더 멀
리 느껴진다. 옛날에는 그토록 눈이 부시고, 거대하고, 무시무
시한 존재로 보였다. 하지만 몸과 마음이 성장했다고 실감하는
아마네에게는, 더는 두려워할 일이 없었다.

이제는 토죠를 올려다보지 않는다. 몸을 꼿꼿하게 세우고 똑
바로 보면 아마네가 시선을 낮춰야 할 정도이고, 그가 시선을
줘도 전혀 떨리지 않았다.

"토죠."

"뭐, 뭐야."

차분하게 이름을 부르자, 토죠가 허둥대듯 대답했다.

(정말로, 다 지나갔구나.)

그 태도를 보고도 아무 느낌도 안 드는 것은, 아까도 말했듯이 이미 지나간 일이라고 냉정하게 판단했기 때문이리라.

토죠와 마주치는 것이 무서워서 고향을 떠났을 때는 상상하지도 못할 정도로 마음이 차분했다. 뒤에 있는 마히루도, 아마네의 분위기를 느끼고 제지하지 않는다.

(이제, 결판을 내야겠지.)

외면하고 살았던 과거와도, 과거의 상징이기도 한 토죠와도, 상처받은 약한 자신과도.

고향에 돌아온 것은 다른 의미로 운명이었을지도 모른다. 지금의 자신을 만든 과거를 떠나보낼 기회를 주었으니까.

토죠는 차분해진 아마네와 정반대로 안절부절못해서, 대체 무슨 소리를 들을지 눈치를 살피는 상태였다.

그 태도를 보고, 아마네는 피식 웃었다.

"나도, 지금은 너에게 감사하고 있어. 이용당했고, 결별했지만. 그래도 그때는 즐거웠고, 당시의 내게는 희망이었어."

아마네는 딱히 토죠를 원망할 생각이 없었다.

그때는 상처받았고, 괴로웠지만, 지금은 그것도 일종의 경험으로 받아들였다. 그때 그런 일이 있어서 지금의 아마네가 형성된 것이다.

아마네는 지금의 자신을 좋아하고, 지금의 자신이 되었기에 마히루와 만나서 가까워질 수 있었다.

"그러니까 결과적으로 너희와 가까이 지내서 다행이라고 생각해. 이렇게 여자친구도 생겼으니까, 오히려 이용해 주어서 서로 잘된 셈이고. 상처는 생겼지만, 나는 그때 일을 극복했으니까 성장한 거겠지. 귀중한 경험을 한 것도, 전부 너희 덕택이야."

어떤 의미로는, 토죠와 여기에 없는 옛 친구들은 아마네와 마히루를 만나게 해 준 공로자라고 할 수 있겠지.

이제는 그 이상도, 그 이하도 아니다.

"고마워. 다시는 너와 엮일 일도 없을 테고, 이야기할 일도 없을 테니까. 그것만은 말해 두고 싶었어."

감사하는 말은, 결별을 뜻하는 말이기도 하다.

아마네로선 다시는 토죠와 엮일 생각이 없고, 관여할 일도 없다. 아마네가 사는 곳은 지금 다니는 학교가 있는 지역이고, 진학도 그곳에서 할 작정이다. 학교가 달라지면 사는 지역도, 배우는 것도 달라진다. 과거에 교류가 있었을 뿐인, 타인이다.

아마네의 본심이 담긴 말을 듣고 감전된 것처럼 몸을 굳힌 토죠에게 등을 돌렸다.

이제는 그에게 느끼는 응어리가 다 풀어져서 사라졌다.

"마히루, 이제 돌아가자."

"네."

"응."

손을 잡자 마히루가 은은하게 밝은 미소를 지었다.

마히루도 이제는 토죠에게 관심을 끊고 아마네만 보고 있다.

아마네만 눈에 들어오는 것 같은 마히루를 보고 슬쩍 쓴웃음을 지은 뒤, 아마네는 희미하게 남아 있던 옛 친구를 향한 관심을 지우듯이 뒤돌아보지도 않고 공원을 뒤로했다.

그날 밤, 아마네는 침대에서 눈을 감고 잠이 들기만을 기다렸지만, 좀처럼 잠기운이 찾아오지 않아서 그냥 조용히 누워 있었다.

평소에는 잠이 잘 오는데, 오늘만큼은 자려고 마음먹어도 잠기운의 낌새조차 보이지 않는다. 이상하게 정신이 맑다고 할까, 졸리지 않았다.

왜 그럴까 생각해 봤는데, 아마도 오늘 토죠와 만난 탓일지도 모르겠다.

옛 친구이자 아마네를 괴롭힌 원흉이기도 하지만, 이제는 그들에게 느끼는 응어리가 가슴에 한 줌도 남지 않았다.

만나서 개운해졌다고 할까, 조금은 감동하기도 했다.

자신이 마히루와 만나고 같이 지내면서 얼마나 도움을 받았는지를, 성장했는지를 실감해서, 말로 표현할 수 없는 성취감을 느꼈다.

(아버지 말대로 고향에서 멀어지길 잘했어…….)

고향에 있었다면 진짜로 극복하거나 성장하는 일도 없었으리라. 아픔을 모른 척하고, 얼버무리며 살 수밖에 없었을 것이다.

아마네의 가슴속에는 이것도 저것도 전부 마히루와 새로운 친구들 덕분이라는 고마움과 극복했다는 사실에서 느끼는 편안함이 있었다.

하지만 이대로 가다간 잘 수 없으므로, 기분도 바꿀 겸 바깥바람이라도 쐬려고 몸을 일으켜 슬리퍼로 갈아 신은 뒤 베란다로 나갔다.

베란다 창문을 열자마자 후덥지근한, 냉방을 쐬던 몸에는 다소 불쾌한 공기가 맞이해 줬다. 밤이지만 연일 열대야라서 더운 것은 어쩔 수 없다.

그래도 바깥 공기는 선선했고, 주위는 주택가라서 번화가처럼 조명에 묻히는 일 없이 별도 잘 보인다. 졸음이 올 때까지 시간을 죽이면서 무료함을 달래기에는 충분하겠지.

난간에 몸을 기대면서 고요한 공간과 반짝이는 별을 감상하고 있을 때, 갑자기 베란다 창틀이 스치는 소리가 났다.

아마네의 방이 아니라 베란다를 통해 이어진 다른 방에서 들린 소리에 뒤돌아보자 원피스 잠옷을 입은 마히루가 아마네의 눈치를 보듯 몸을 반쯤 내밀고 있었다.

"마히루, 아직 안 잤어?"

설마 일어나 있을 줄은 몰랐다.

밤도 깊어서 가족들은 잠에 빠져들었을 무렵이다. 더군다나 마히루는 규칙적으로 생활해서 밤 12시 전에는 잔다는 말을 들었으니까, 아직 잠들지 않고, 나아가 베란다에 나올 줄은 예상하지 못했다.

"왠지 잠이 안 와서……. 아마네 군도 아직 안 잤군요."

"응. 이런저런 일이 있었으니까……."

"그렇군요……."

마히루도 베란다에 나오면서 '이런저런 일'이라는 말에 반응하고 눈을 살짝 내리뜨는데, 아마네는 그걸 보고 "그런 게 아니야."라며 쓴웃음을 지었다.

"딱히 후회하는 건 아니거든? 단순히 내가 성장했다는 감상에 젖은 탓이겠지."

마히루가 한순간 염려한 것은 괜한 걱정이다.

아마네는 토죠에게 아무 느낌도 안 들고, 그저 자신이 얼마나 변했는지 실감했을 뿐이라서 그 얼굴을 떠올릴 일은 이제 없다. 다시는 겁먹을 일이 없다.

웃으며 고백한 아마네에게 마히루는 안도한 듯 작게 웃음을 띠었다.

"후후. 아마네 군은 강해졌고, 성장했어요. 중학교 시절보다 키도 많이 자란 것 같으니까요."

"응. 중1 때보다 20센티 가까이 자랐으니까."

"굉장해요."

"그렇지?"

아마네는, 달라졌다. 키도 컸지만, 최근 1년 동안에는 마음가짐과 사물을 보는 눈이.

지금 생각하면 예전의 아마네는 붙임성이 없고, 삐딱하고, 건방진 남자였던 것 같다. 옛 친구들의 탓이기도 한 것은 전부 부정하기 어렵지만, 정말이지 사교성이 없고 친해지기 힘든 남자였으리라.

지금의 아마네는 예전보다도 안정감을 찾은 것 같다.

그 이유가 옆에 있는, 아마네가 가장 사랑하는 소녀다.

"아마네 군이 말한 것처럼, 아마네 군은 성장했어요. 마음도, 몸도."

"그래……."

"자신감이 생겼죠?"

"응."

"그러면 됐어요. 자신감이 안 생겨도, 제가 도와줄게요."

"정말이지, 고마워 죽겠는걸."

온화하게 웃고 옆에서 난간에 손을 대면서 하늘을 올려다보는 마히루에게 애정이 끓어오른다.

옆에서 이렇게 몸을 기대고 웃어 주고, 보듬어 주고, 곁에 있기를 희망해 주는, 귀하고 소중한 존재가, 몹시도 사랑스러웠다.

"있잖아, 마히루……."

"네?"

"만지고 싶어……."

"네?"

갑작스러운 말에 마히루가 천천히 아마네를 돌아봤다.

놀라움이 태반을 차지한 표정을 본 아마네는 자신이 한 말에 수치심을 느끼면서도 정정할 마음은 없어서, 곤혹스러운 감정으로 일렁이는 마히루의 눈동자를 응시했다.

"마히루를 만지고 싶은 기분인데, 안 될까?"

마히루를 몹시 만지고 싶었다.

아마네 자신을 좋아해 주고, 아껴 주고, 지탱해 주는 여자친구의 온기를 느끼고 싶었다. 곁에 있다는 사실을 곱씹고 싶었다.

똑바로 바라보는 아마네 앞에서 캐러멜색 눈이 일렁이고, 이어서 수줍게 눈을 감았다.

"그렇지 않아요……."

나지막하게 대답하는 말에, 아마네는 다시 가슴에서 온기가 커지는 것을 느꼈다.

받아들여 줬다는 사실을 곱씹으면서, 아마네는 마히루에게 손을 뻗었다.

다만 베란다에서 끌어안는 것에는 망설임을 느껴서, 아마네의 손이 닿은 곳은 손바닥.

가냘프고, 그러면서도 아마네를 힘껏 떠받쳐서 함께 걸을 수 있도록 이끌어 주는 손을 잡고, 아마네의 방으로 데려간다.

밤도 깊어지려는 시간대이므로 조용히 베란다 문을 닫고, 마히루를 침대에 앉혔다.

소파가 없어서 앉힐 곳이 여기밖에 없었으므로 별다른 뜻은 없지만, 앉힌 순간에 마히루가 몸을 굳히고 아마네를 보니까 무심코 웃음이 나오고 말았다.

"그런 짓은 안 할 거야."

"그, 그래요."

"기대했어?"

"그, 그럴 리가 없잖아요."

"그것도 남자로서 복잡한 심경인데."

"네?"

"농담한 거야. 지금은, 그냥 마히루를 만지고 싶은 거니까."

마히루가 잠시 경계한 일은, 할 생각이 없다. 아마네로선 마히루가 받아들일 준비를 마치고 본인이 희망할 때까지 기다릴 작정이므로, 억지로 취하려는 생각은 없었다.

그제야 몸에서 긴장이 사라진 마히루의 등을 팔로 천천히 감쌌더니, 마히루도 똑같이 아마네의 등에 손을 대고 끌어안아 주었다.

부드러운 몸과 익숙해진 달콤한 향기, 말로 표현할 수 없는 행복이 가슴속을 서서히 채운다. 끓어오르는 애정을 새로이 실감하면서, 마히루를 만끽하듯이 꼭 끌어안았다.

아마네의 품에서 마히루도 기분이 좋은 것처럼 눈에 미소를 지었다.

행복하다고 말로 표현하지는 않았지만, 부드러운 웃음을 입가에 드러내고 평온한 분위기를 내고 있으니까 마히루도 아마네와 똑같은 기분이겠지.

(좋은걸…….)

가슴속 깊숙한 곳에서 몸에 열기와 행복을 끊임없이 전하는 감정이 날이 갈수록 존재감을 키우고 있다.

이보다 더 좋아질 리는 없다고 생각했는데도 점점 더 깊고 뜨거워지는 그 감정은 사라질 일이 없을 것이다. 부모님처럼 좋아한다는 감정이 강해져서 평온하고 부드럽고 눈이 부신 사랑으로 형태를 바꿀 일은 있어도, 허무하게 사라질 일은 없다.

그렇게 판단할 만큼, 마히루를 진심으로 사랑스럽게 여겼다.

감정을 억누르지 못하고, 아마네는 자연스럽게 마히루의 턱을 손으로 올려서 웃음을 띤 촉촉한 입술을 틀어막듯이 자신의 입술을 포갰다.

번쩍. 눈앞에서 떠지는 캐러멜색 눈.

그리고 다음 순간에는 아마네의 이마에 묵직한 통증이 찾아오고, 그 충격에 얼굴이 멀어졌다.

찡하게 울리는 아픔 때문에 이번에는 아마네가 눈을 깜빡일 차례였다. 아마도 아픔의 원인을 제공했을 마히루는 확연하게 떨리는 눈빛으로 곤혹스러운 기색을 보이고 있었다.

"아야……."

"죄, 죄송해요. 깜짝 놀라서."

"아, 아니야. 나야말로 갑자기 했으니까…… 미안해."

놀라서 반사적으로 머리를 들이받은 것은 이해했고, 허락도 없이 입을 맞춘 것은 아마네 자신이니까 도저히 뭐라고 탓할 수가 없다.

조금만 더 참아야 했을까. 그렇게 생각하고 마히루의 반응에 후회했더니, 마히루는 시선을 이리저리 혼란스럽게 돌리면서 몸을 움츠렸다.

"시, 싫었던 건 아니, 거든요. 그저 정말로 깜짝 놀라서 그랬다고 할까요……. 저기…… 다, 다시, 부탁할게요. 이번엔, 괜찮으니까요."

부끄러움을 떨리는 목소리에 듬뿍 담으면서도 눈을 꼭 감고 고개를 들어 받아들일 태세를 마친 마히루에게 슬쩍 웃고, 아마네는 다시 마히루의 입술을 훔쳤다.

아까는 감촉을 맛볼 틈도 없이 머리가 부딪쳐 입술을 뗐지만, 이번에는 마히루가 받아들여 주는 덕분에 음미할 수 있다.

아마네의 입술보다 부드럽고, 싱그럽다.

자신의 입술이 거칠어서 마히루에게 불쾌함을 주지 않을까 걱정했지만, 마히루를 봐서는 싫어하는 눈치가 아니다. 입술을 꼼질꼼질 움직이자 간지러운 듯이 몸을 들썩여서, 말로 표현할 수 없는 애정이 끓어올랐다.

잠시 입술을 뗐지만, 마히루가 사랑스럽고 조금만 더 하고 싶다는 욕구가 참을성을 뛰어넘는 바람에 다시 마히루의 입술에 덤벼들었다.

놀라서 그런 건지 아니면 항의하려는 건지 "으응." 하고 알아들을 수 없는 소리가 희미하게 들렸지만, 아마네가 달래듯이 부드럽게 입술을 누르자 잦아들었다.

아니, 이따금 목에서 울리는 소리를 내서 입맞춤의 정취를 더 그윽하게 했다.

귀엽다고 눈웃음을 지으면서 부드럽고 다정하게 입맞춤을 계속하고, 가냘픈 몸을 감쌌다.

몇 번인가 입술을 탐닉한 다음에 이번에야말로 입술을 뗐더니, 마히루가 아마네의 어깨에 얼굴을 파묻었다.

"며, 몇 번이나 한다는 말은 못 들었어요……."

"시, 싫었어?"

"아, 아니에요. 미처 각오하지 못했다고 할까요……. 그게, 부끄러우니까요."

마히루가 "처음이었는데."라고 작게 속삭인 말이 다른 의미로 들려서 아마네의 심장이 살짝 뛰었다.

"아마네 군, 정말로 처음이에요? 저보다 여유가 있어 보이는데요."

"여유는 없어. 그게…… 마히루와 키스하고 싶은 마음을 주체할 수 없어서, 억지로 밀어붙였으니까……."

"시, 싫지는, 않았어요. 한다는 걸 알았으니까, 괜찮아요. 더, 더 해 주세요……."

고개를 들어 올려다보면서 그렇게 말하는데 안 할 정도로, 아마네는 남자임을 포기하지 않았다.

마히루와 입술을 포개면서도, 이번에는 마히루를 배려하듯이 천천히 입술이 닿는 입맞춤으로 그쳤다.

그 대신에 마히루의 머리를 뒤에서 손바닥으로 붙잡고 놓지 않는다.

촉촉한 입술을 맛보듯 머리의 각도를 살짝 바꿔서 입술을 맞대는 수준인데도 심장이 시끄러울 정도로 뛰고 있었다.

"후후……."

키스 사이에 작게 웃은 마히루는 아마네의 가슴에 손을 대고 몸을 지탱하면서 아마네를 쳐다봤다.

"아마네 군을 좋아하기 전에만 해도 키스에 의미가 있을까 생각했었는데요. 하지만 진심으로 좋아하는 사람과 하면, 정말 행복한 기분이 들어요."

"지금, 행복해?"

"네."

"나도 그래."

"후후, 같은 마음이네요."

수줍어하면서도 순수하게 웃는 마히루에게 다시 키스해서 희미하게 달콤함을 느끼게 하는 입술을 맛보고 있을 때, 마히루가 몸을 바르르 떨었다.

싫어하나 싶어서 입술을 떼었더니, 마히루는 "아니에요."라며 난처한 듯이 웃고 몸을 밀착해서 "아마네 군은 따끈따끈하네요."라고 속삭였다.

"추워……?"

"그러네요. 에어컨의 냉방 타이머가 아직 꺼지지 않은 것 같으니까요……."

낮에 가동할 때보다는 에어컨의 냉방 온도를 높게 설정하기는 했지만, 그래도 공기는 제법 서늘해졌다. 잠든 사이에 냉방이 꺼지게 타이머를 설정했지만, 역시 얇은 잠옷 차림으로는 쌀쌀하겠지.

애초에 마히루의 잠옷은 반소매 원피스 타입으로 팔이 그대로 드러나니까 추위를 타는 것도 어쩔 수 없다.

"뭐하면 내가 따뜻하게 해 줄까?"

"어머, 따뜻하게 해 줄 건가요?"

장난치듯 물어보자 신기하게도 마히루도 그대로 받아줬다.

"내가 어떻게 해 줬으면 좋겠어?"

"제가 어떻게 해 주길 바랄 것 같나요?"

"어떻게 해 주길 바랄까."

"정답을 맞혀 보세요."

"마히루도 장난을 잘 치게 되었는걸."

"후후. 이번에는 질 수 없어요."

"알아 모시겠습니다. 그러면 그런 마히루 양에게 이렇게 서비스해 드리죠."

마히루를 끌어안고 침대에 드러누웠다.

품에서 황갈색 머리카락이 확 퍼지고, 캐러멜색 눈이 놀란 것처럼 크게 떠진다.

몸을 굳힌 마히루의 뺨에 입을 맞추고 나서 근처에 있던 커다란 여름 이불로 두 사람의 몸을 감싸듯 덮었더니, 그때야 비로소 무슨 일이 있었는지 이해한 듯한 마히루가 아마네의 가슴에 얼굴을 댔다.

"이러면 둘 다 따뜻하겠지?"

"네……."

"옵션 서비스로 팔베개도 있어."

아마네가 "필요해?"라며 팔뚝을 내밀자 마히루가 작게 웃고 조심스럽게 머리를 얹는다.

얼굴의 거리가 참 가까워졌다는 생각에 아마네도 웃자 마히루의 웃음이 조금 짓궂게 변했다.

"옵션 서비스까지 해서, 지금이라면 얼마에 해 주실 건가요?"

"마히루 한정 특가로 파는 날이니까, 아침 식사로 오믈렛만
받고 제공하겠습니다."

"살게요."

"이미 샀잖아."

둘이서 나란히 웃고, 아마네는 다른 팔로 마히루의 등을 감싸
안으면서 눈을 감았다.

© Hanekoto

후기

이 책을 사 주셔서 대단히 감사합니다.

작가인 사에키상이라고 합니다. 옆집 천사님 5권, 재밌게 봐 주셨나요?

그런고로 이번 5권은 두 사람이 사귀게 된 부분부터 시작하는데, 관계가 변했다고 뭔가 갑자기 바뀌는 일도 없이, 그저 조금씩 거리를 좁혀 나가는 두 사람의 모습을 그린 권입니다.

뭐, 이걸로 아마네 군이 적극적으로 밀어붙이는 성격으로 체인지폼 했다간 '당신 대체 누구?' 문제가 발생하므로, 저로서는 아마네 군답다고 생각합니다. 그래도 조금은 소심함에서 벗어난 점은 칭찬해 주세요.

천사이자 악마인 마히루 양은 경험이 부족한 탓에 아마네 군에게 골탕을 먹는 구석도 있으므로, 앞으로도 순진한 마히루 양을 마음껏 볼 수 있겠죠. 하네코토 선생님의 훌륭한 일러스트로 표현되는 것을 기대합니다. 크헤헤.

네, 그리고 이번에도 하네코토 선생님의 일러스트가 훌륭합니다. 너무 귀여운데요???

커버는 출간 시즌에 딱 맞게 시원한 일러스트라서 정말이지 액자에 넣어서 장식하고 싶은 레벨입니다. 복제 원화 같은 건 어떨까요?

그리고 아마네 군이 너무 훈남이라서, '너는 왜 이러면서 인기가 없을 거라고 생각하는 거니……?' 하고 한 시간 정도 따지고 싶어지네요. 하네코토 선생님의 손으로 멋지게 그려진 것은 고마울 따름이지만 말이죠!

앞으로 나올 권에서도 일러스트가 무척 기대됩니다. 보고 싶은 장면이 참 많아요…….

이제 마지막으로, 도와주신 여러분께 감사를 전하겠습니다.

이 작품의 출판에 애써 주신 편집 담당자님, GA문고 편집부 여러분, 영업부 여러분, 교정자님, 하네코토 선생님, 인쇄소 여러분, 그리고 이 책을 사 주신 여러분, 진심으로 감사합니다.

다음 권에서 또 만나요. 나오겠죠? 아마도.

마지막까지 읽어 주셔서 감사합니다!

옆집 천사님 때문에
어느샌가 인간적으로 타락한 사연 5

2022년 03월 25일 제1판 인쇄
2024년 05월 31일 제6쇄 발행

지음 사에키상 | **일러스트** 하네코토

옮김 JYH

발행 영상출판미디어(주)
등록번호 제 2002-000003호
주소 07551 서울특별시 강서구 양천로 570 NH서울타워 19층
대표전화 02-2013-5665

ISBN 979-11-380-1169-3
ISBN 979-11-6625-555-7 (세트)

OTONARI NO TENSHISAMA NI ITSUNOMANIKA DAMENINGEN NI SARETEITA KEN Vol.5
Copyright ⓒ 2021 Saekisan
Illustration copyright ⓒ 2021 Hanekoto
All rights reserved.
Original Japanese edition published in 2021 by SB Creative Corp.

This Korean edition is published by arrangement with SB Creative Corp., Tokyo
in care of Tuttle-Mori Agency, Inc.

구매 시 파손된 도서는 구매처에서 교환하실 수 있습니다.
기타 불편사항, 문의사항이 있으신 독자님께서는 노블엔진 홈페이지 [http://novelengine.com] 에서
Q&A 게시판을 이용해 주시기 바랍니다.

 노블엔진(NOVEL ENGINE)은 영상출판미디어(주)의 라이트노벨 및 관련서적 브랜드입니다.